뽑히지 않는 바위처럼

김매순산문선

태학산문선
기획위원: 정민·안대회

태학산문선 119
뽑히지 않는 바위처럼

초판 1쇄 인쇄 2010년 11월 16일 초판인쇄
초판 1쇄 발행 2010년 11월 23일 초판발행

지은이   김매순
옮긴이   김철범
펴낸이   지현구
펴낸곳   태학사
등록   제406-2006-00008호
주소   경기도 파주시 교하읍 문발리 파주출판도시 498-8
전화   마케팅부 (031)955-7580~2 / 편집부 (031)955-7585~9
전송   (031)955-0910
전자우편   thaehak4@chol.com
홈페이지   www.thaehaksa.com

ISBN   978-89-5966-412-2 (04810)
          978-89-7626-530-2 (세트)

태학산문선 119

뽑히지 않는 바위처럼

김매순산문선

김 철 범 옮김

태학사

태학산문선을 발간하며

현대의 인간은 물질의 풍요 속에서 오히려 극심한 정신의 황폐를 느낀다. 새 천년의 시작을 말하고는 있지만 미래에 대한 전망은 여전히 불투명하다. 심심찮게 들리는 인문정신의 위기론에서도 우리는 좌표 잃은 시대의 불안한 징표를 읽는다. 모든 것이 불확실하고 혼란스러운 현실이다. 지향해야 할 정신의 주소를 찾는 일이 그리 쉬워 보이지 않는다. 밀려드는 외국의 담론이 대안이 될 것 같지도 않다. 그렇다고 그것을 대신할 우리 것을 찾아보기란 더욱 쉽지가 않다.

옛 사람들은 무슨 생각을 하며 살았을까? 그때 그들이 했던 고민은 지금 우리와 무관한 것일까? 혹 그들의 글쓰기에서 지금 우리의 문제에 접근하는 실마리를 열 수는 없을까? 좁은 시야에 갇히지 않고, 총체적 삶의 자세를 견지했던 옛 작가들의 글에는 타성에 젖고 지적 편식에 길들여진 우리의 일상을 따끔하게 일깨우는 청정한 울림이 있다. '태학산문선'은 그 맑은 울림에 귀를 기울이고자 한다.

세상은 변해도 삶의 본질은 조금도 변한 것이 없다. 그들이 일상에서 길어올린 삶의 의미들은 지금 우리에게도 여전히 뜻깊게 읽힌다. 몇 백 년 또는 몇 십 년 전 옛 사람의 글인데도 낯설지 않고 생경하지 않다. 이런 글들이 단지 한문이나 외국말, 또는 지금과는 다른 문체로 쓰여졌다는 이유 때문에 일반 독자들과 만날 수 없는 것은 참으로 안타까운 일이다. 좋은 글에는 향기가 있다. 좋은 글에는 글쓴이의 체취가 있다. 그 시대의 풍경이 배경에서 떠오른다. 글은 시간과 공간의 제약을 뛰어넘는다.

1930년대 중국에서는 임어당 등의 작가들이 명청(明淸) 시기 소품산문의 가치를 재발견하여 소품문학 운동을 전개한 바 있다. 낡은 옛것이 이러한 과정을 거쳐 다시 의미를 얻고 생생한 빛을 발하게 되었다. 이제 본 산문선은 까맣게 존재조차 잊혀졌던 옛 선인들의 글 위에 켜켜이 앉은 먼지를 털어내어 새롭게 선뵈려 한다. 진정한 의미의 '옛날'이란 언제나 살아 있는 '지금'일 뿐이다. 옛글과의 만남이 우리의 나태해진 정신과 무뎌진 감수성을 일깨우는 가슴 설레는 만남의 자리가 되었으면 한다.

정민 · 안대회

| 차례 |

태학산문선을 발간하며 • 5

고궁수약(固窮守約)하는 지식인의 삶과 문학 — 김매순론 • 11

제1부 나의 길, 나의 삶 _ 27

　　졸렬한 삶, 졸렬한 성격, 졸렬한 나의 글 • 29

　　인생만사 모두 바람이어라 • 34

　　세상에 처신하는 두 가지 논리 • 41

　　뽑히지 않는 바위처럼 • 48

　　나를 나답게 하는 것 • 52

제2부 참 지식인의 삶과 자세 _ 59

　　욕망을 버린 맑은 마음 • 61

　　정녕 편안히 머물러야 할 곳 • 68

　　자질이 훌륭한 사나이 • 74

　　망국에 처한 한 지식인의 초상 • 82

　　큰 틀과 작은 틀 • 88

제3부 세상 사물의 진면목 _ 93

　　대나무의 덕성에 대하여 • 95

　　까치와 부엉이 • 100

　　명산 관람법 • 104

　　어둠에 관한 명상 • 109

　　음양의 소장(消長) • 111

　　어부의 기도 • 115

　　자연과 인간사의 이치 • 120

제4부 진정한 주자학자의 길 _ 125

　　비와 물의 비유 : 인간의 본성에 대하여 • 127

　　모든 도리의 근원은 같다 • 132

　　학문의 길 • 135

　　공부의 처음과 끝 • 140

　　문자에 대한 편견 • 144

　　조선 주자학의 성과 • 149

　　한학의 성과와 폐단 • 154

　　일본 고학에 대한 비판 • 159

　　불교의 공부법 • 164

제5부 진실한 견식, 진실한 문장 _ 167

　　진품 경술과 정맥 문장 • 169

　　시대에 따른 문장의 변화 • 174

　　당송고문과 진한고문 • 180

　　문학과 경학의 통합 • 186

　　옛 글을 읽는 방법 • 190

　　진실한 마음을 표현한 문학 • 195

원문 _ 201

고궁수약(固窮守約)하는 지식인의 삶과 문학

|

김매순론

김매순(金邁淳, 1776~1840), 그는 조선의 유학자이자 문인으로 일생을 살았던 사람이다. 두 가지 업에 양다리 걸치고 살았다는 뜻이 아니고, 오히려 둘의 경계를 허물며 살았다고 말하는 것이 옳겠다. 당시 조선의 학문은 성리학이 권력에 편성하여 학문의 중추를 장악하면서 다른 학문세계를 배타시하며 고루해져갔고, 문학에서도 다양한 글쓰기의 길이 열리면서 낭만적 성향의 문인들은 기존의 권위주의적 글쓰기를 비판하게 되었다. 그러면서 성리학과 문학 사이의 골은 점점 깊이 패여 가고 있었는데, 이러한 분열 현상을 심각하게 우려했던 김매순은 이 둘이 서로를 배타했던 문제들을 극복해내며 둘을 통합시키는 일을 자신의 과업으로 여겼던 것이다. 그런 면에서 그는 보수주의자이면서 절충론자였다.

사실 조선시대의 사대부라면 누구나 학문하고 글쓰며 살았을 듯하지만, 사실 학자 노릇이든 문인 노릇이든 어느 것 하나라도 제대로 지키며 사는 사대부를 쉽게 볼 수 있는 것은 아니었다. 학문이든 문학이든 자신의 자질과 맞아야 하고, 또 그 길을 은근히 지켜나갈 수 있는 형편이 되어야 학자든 문인이든 될 수 있었으니, 어쩌면 운명적인 길인지도 모른다. 그러나 그 운명이란 배부르고 편안한 처지가 아니라, 얄궂게도 답답하고 고달픈 처지로 나타났다는 것은 지성사가 증명한다. 문인 학자의 명성을 얻었지만 그 명성이 인고의 시간 속에서 배태되었다는 점에서 김매순도 예외가 못되었다.

김매순의 삶을 한마디로 요약하라면, '고궁수약(固窮守約)'으로 표현할 수 있다. 고궁수약이란 어려운 상황에서도 평온하게 지내며 자신을 지키는 유가적 덕목의 하나다. 감정을 절제하며 현실을 받아들이는 순응적 자세 같기도 하지만, 울분과 외로움을 견디는 가운데서 자신을 직시하여 성찰함으로서 주체를 발견해가는 과정이라는 점에서 어쩌면 지식인의 자기 발견을 위한 통과의례 같기도 하다. 따라서 그의 문학에서도 고궁수약하는 기품을 절절이 느낄 수 있는데, 학문에서 체득한 이치로 자신의 삶과 처지를 조망하며 깨달은 감회를 문학으로 승화시켜 놓았기 때문이다.

장동 김문(金門)의 '농연가학(農淵家學)'

김매순은 안동 김씨 그 중에서도 장동(壯洞) 김씨로 불리는 명문세족의 가문에서 태어났다. 안동에서 서울의 장동으로 주거지를 옮기면서 기반을 다진 이들 김씨들은 17세기 전반 김상용(金尙容, 1561~1637)과 김상헌(金尙憲, 1570~1652)에 이르러 경제적 정치적으로 집안의 세력을 크게 번성시켰다. 이들의 손자 가운데 '삼수(三壽)'로 불렸던 김수증(金壽增) 수흥(壽興) 수항(壽恒)에 이르러서는 서인(西人) 정권의 중심에서 정치권력의 핵심을 차지하면서 정치 사회적으로 명망있는 가문이 되었다. 이런 명망의 이면에는 숱한 파란이 있었는데, 현종과 숙종대의 정쟁으로 두 차례나 큰 가화(家禍)를 겪으면서 김수증과 수흥이 유배되어 사사되고 말았다. 그러나 이들은 다시 복권되어 당화를 겪은 충절로 포상됨으로서 더욱 선망의 대상이 되었다. 다시 김수항의 여섯 아들(6昌 : 昌集 昌協 昌翕 昌業 昌緝 昌立)은 정치에서 뿐만 아니라 학문과 문학과 예술에서 커다란 업적을 이루며, 17 · 8세기 무렵 서울 노론학계의 구심점이 되었다.

김매순은 1776년 김창흡의 4대손으로 태어났다. 김창흡(호 三淵, 1653~1722)은 시인으로 이름을 알린 분인데, 그는 당시 정쟁으로 희생되는 친족들을 보면서 애당초 과거에 응시하지 않았고, 스스로 시인으로 자처하며 오직 산수자연을 찾아 은일적 삶을 살았다. 그는 형 김창협(호 農巖, 1651~1708)과 함께 고문론(古文論)

과 천기론(天機論)이라는 자가적 견해를 제시하며 새로운 문풍과 시풍을 주도하기도 했다. 이들의 학문과 문학은 당시 노론층의 학문과 문학에 지대한 영향을 주었으며, 한편 가학의 전통으로 이어져 발전되었는데, 이것을 이른바 '농연가학(農淵家學)'이라고 불렀다.

김창흡의 자손 가운데에는 학문이나 문학으로 이름난 사람은 없었고, 음직으로 벼슬을 살며 명맥만 이어가고 있었다. 다만 6창의 다른 후손들 가운데 김신겸(金信謙, 1693~1738) 김용겸(金用謙, 1702~1789) 김원행(金元行, 1702~1772) 김이안(金履安, 1722~1791) 등이 가학의 전통을 이어가고 있었다. 그러나 18세기 말기 무렵 김매순의 세대에 이르러 김창흡의 후손들이 가문의 명망을 다시 일으키게 되는데, 그의 백종형인 김달순(金達淳)이 문과에 합격하여 우의정에까지 올랐고, 종형 김근순(金近淳)은 대사성이 되었다. 김매순 역시 정시문과(1795년)에 급제해서 사가독서(賜暇讀書)를 받았고, 1800년에는 초계문신(抄啓文臣)에 발탁되어 젊은 학자로서의 기대와 선망을 받았다. 이럼으로서 '농연가학'의 전통이 이제 김창흡의 후손에게로 이전되어 그 맥을 잇게 되었던 것이다.

김달순 옥사와 쇠락의 운명

김매순은 문과에 합격하자마자 정조의 배려로 사가독서의 은

전을 받았고, 1801년 3월까지 무려 5년 동안 유학을 체계적으로 학습할 기회를 얻게 된다. 그리고 사가독서를 마치고 돌아와 예문관 검열을 거쳐 병조좌랑에, 이어 홍문관 부교리와 수찬 등에 임명되면서 3년간 홍문관에서 근무하게 된다. 그는 젊은 관리로서 청직의 임무를 충실히 수행했는데, 이 시기에 국왕에게 올린 몇 편의 상소문은 그의 현실인식과 정치관을 잘 보여주고 있다.

홍문관 부교리에 임명되었을 때, 의례적인 사절의 글을 올리면서 어린 국왕 순조에 대한 충정으로 나라를 바르게 다스리기 위한 국왕의 자질을 논하는 상소문을 올린다「사부교리겸논군덕소(辭副校理兼論君德疏)」. 국왕의 자질은 곧 나라의 기강을 세우고 풍속을 아름답게 갖추는 일에 달렸음을 역설하고, 존심(存心)과 성찰을 통해 군도(君道)를 제대로 실천할 것을 강조했다. 국왕으로서 덕량을 넓히고 통치의지를 일으켜 기강과 풍속을 바로잡을 수 있는 근본을 마련할 것을 간곡히 요청했던 것이다.

당시 함흥과 평양 등지에서 화재가 잇따라 발생하고, 사직의 전례용 악기가 불타는 일이 일어나더니, 1803년 12월에는 마침내 창덕궁의 인정전(仁政殿)이 불에 전소되는 사건이 있었다. 홍문관에서는 이 사건을 단순한 재앙으로 보지 않고, 근본적으로 정치가 이 재앙의 씨앗을 품고 있다고 규정하고, 연명으로 의견서를 올리게 되었는데, 교리를 맡고 있던 김매순이 이 글을 작성한다「인정전화후옥당연명차자(仁政殿火後玉堂聯名箚子)」. 이 글에서 그는 이미 나라 안에 화울(火鬱)을 일으킬 조짐이 일어나고 있었으며, 이것이 근래 화재사건으로 드러났을 뿐이라고 한다. 그리고 이 화울의 조짐을 네 가지로 제시한다. 첫째 공의(公議)가 행해지지 않고, 둘째 민정(民情)이 전달되지 않으며, 셋째 언로(言路)가 열려있지 못하고, 넷째 인재가 기용되지 못하는 것이라고 하고, 왕께서는 이 사실을 명확히 깨달아 개선책을 마련할 것을 아뢰었다. 화재사건을 천재가 아니라 인재로 규정하며, 당시 정치적 문제점을 간결하면서도 냉철하게 지적했다. 순조 역시 이를 받아들이고, 아울러 경외(京外)의 신민(臣民)들에게 나라를 구제할 올바른 정책을 꺼림없이 올리라는 유시를 내리게 된다.

화재로 소실된 인정전은 곧바로 중건에 착수했고, 이 역사는 시급하게 진행되어 만 일 년 만에 완공을 보았다. 그러나 이 과정에서 민폐가 극심했고 원성도 많았다. 이럼에도 불구하고 주변의 관리들은 국왕의 귀를 막았고, 순조도 경연(經筵)과 공부는 소홀히 하면서 서총대(瑞蔥臺)에서 활쏘기를 즐기며 날을 보내고 있었다. 결국 김매순은 또 상소를 한다「청침서총대친임지명정인정전역소(請寢瑞蔥臺親臨之命停仁政殿役疏)」. 상소에서 그는 왕의 처신이 옳지 못함을 준열하게 질책하고, 아울러 인정전 역사로 영남지역 군민들이 목재 수송일에 지쳐 원성과 소요가 일어나고 있으며, 또한 시기적으로 봄농사철이 시작되니 인정전 중건공사를 중단하는 것이 하늘의 뜻으로 백성을 소생시키고 재앙을 구제하는 대책임을 역설했다. 순조는 이 상소를 읽고, "진달하는 바가 한마디로 깊고 절실하지 않은 것이 없으니, 참으로 약석(藥石)과 같다."는 비답을 내렸다. 현실의 문제와 모순을 통찰하는 그의 안목도 감탄스럽지만, 국왕 앞에서도 거침없는 직언을 쏟아내는 그의 젊은 패기와 강직한 성품 앞에 숙연한 느낌마저 든다.

김매순이 평안도 용강(龍岡)의 현령으로 나가있던 1805년, 수렴청정의 권력을 누렸던 정순왕후가 죽자 그동안 정권을 주도했던 벽파 세력이 불리한 처지에 놓이게 되었다. 그러던 중 김매순의 백종형인 우의정 김달순이 경연에서 박치원(朴致遠)과 윤재겸(尹在謙)의 포상을 아뢰었다가, 이 문제에 대해 다시 거론하지 말라는 선왕 정조의 유지를 거슬렀다는 이유로 시파 세력의 공격을 받게 된다. 결국 김달순은 유배되어 사사되고 말았으며, 이후의 시파가 정국을 장악함으로서 순조의 장인 김조순(金祖淳)을 주축으로 하는 세도정권의 서막을 올리게 된다. 이 사건으로 인해 김달순의 가까운 친지들까지 모두 연좌되어 쇠락의 운명에 처하게 된다. 이 때 김매순도 삭탈관작되어 향후 20여 년간 초야에 묻혀 지내야하는 신세가 되고 말았다.

김매순은 일찍이 김달순에게 빠른 승진을 좋지 않은 조짐으로 여겨 재야에 머물 것을 제안한 바가 있었다「상백종형(上伯從兄)」. 나라가 어려운 상황에서 물러나는 것이 정의상 어려운 일이겠지만, 근래의 정치상황을 보면 도무지 신료의 자리에 나가 뜻을 펼 수 있는 때가 아니라고 하며, "무죄한 중신들이 권귀들의 눈에 거슬려 오명을 뒤집어쓰고, 용서될 수 없는 액정서의 하예들이 사사로운 친분에 따라 정해진 형을 감면해 주니" "이렇게 하고도 기강이 무너지지 않고, 풍속이 망하지 않으며, 국세가 견고해서 민생이 안정된 경우는 예로부터 들어보지 못했"음을 우려했던 것이다. 신유년 옥사의 가혹함과 수렴청정에 의한 폐단을 지적한 발언으로 보이는데, 결국 그가 우려했던 것보다 더 가혹한 상황이 자신의 가문에 닥치고야 말았던 것이다.

은군자(隱君子)로서의 삶의 발견

김매순은 늙은 노모를 모시고 서울을 벗어나 선대 때부터 퇴거해 살았던 양주군 석실(石室) 옆의 미음(渼陰)으로 거처를 옮긴다. 낡은 집을 하나 사들여 대략 수리해서 들었다. 그런데 집터가 언덕 위여서 그런지 종종 바람이 거세게 불어왔다. 바람이 불 적마다 그는 문득 생각에 잠기곤 했다. 해와 달, 천둥 번개 비 등 자연현상들 가운데 바람처럼 모든 시간과 공간을 넘어서 존재하는 것이 있던가? 어쩌면 인간의 역사사건들도 모두 바람 같이 나타났다 사라진 것이 아닌가? 그러면 우리의 존재, 우리의 시간, 우리의 사건들이 모두 바람이 아닌가? 그렇다면 현재 나로서 이 바람 같은 운명에 어떻게 대처하고 살아야할까? 어차피 불어오는 바람을 피할 길 없으니, 고요한 가운데 정신을 모으고 마음에 내 몸을 맡겨, 바람이 불어와도 피하지 않고 부딪혀도 흔들리지 않는다면, 바람인들 나를 어떻게 하겠는가. 이렇게 결론을 내린 그는 집을 "풍서당(風棲堂)"이라 이름 지었다「풍서기(風棲記)」. 자조적인 운명론처럼 보이지만, 사실 자신의 처지를 자연스럽게 받아들이는 현실인식의 발로라고 본다. 이런 상황일수록 오히려 마음과 정신을 다스려 흔들림없이 자신을 지키겠노라는 결의를 다진 것이었다.

그러면 어떤 방식으로 자신을 지키며 살고자 했을까? 이 무렵 자신의 인생관을 간접적으로 토로한 몇 편의 글을 볼 수 있는데, 여기서 그가 주제로 내세우고 있는 '치허수정(致虛守靜)'과 '고궁수약(固窮守約)'에서 자신이 추구했던 삶의 자세를 읽어볼 수 있다.

그는 「차군헌기(此君軒記)」에서 대나무의 덕성을 군자에 견주어 이렇게 말하고 있다.

> 올곧되 빛을 내지 않고, 꼿꼿하되 잘난 체하지 않아 군자다운 지조를 지니되 군자들이 겪는 액운을 당하지 않는 것은 자신을 비우고 차분한 마음으로 지키는 자가 아니면 이룰 수 없는데, 대나무의 덕성이 거의 여기에 가깝다.

대나무의 모습이 군자의 꼿꼿한 절개와 같아 사람들의 애호를 받고 있지만, 그는 좀더 다른 시각에서 대나무의 내면을 관찰한다. 군자들은 자신의 절개 때문에 액운을 겪지만, 대나무가 무성하게 자라는 것은 액운을 피했기 때문이다. 그것은 대나무가 자신을 비우고 차분한 마음으로 지키며 살아가는 자세, '치허

수정'의 덕성이 있기 때문이라는 것이다. 인간은 욕망과 갈등으로 원망과 근심을 만들 뿐이니, 욕망으로부터 벗어나 마음이 감정대로 움직이지 않도록 하는 것이 필요하다. 군자로서 이러한 정신세계를 완성하는 것은 하나의 이상인데, 그런 점에서 쇠락한 자신의 처지에 낙담하지 않고, 이것을 좋은 기회로 받아들이고자 했던 것이 '고궁수약'의 자세다.

'고궁수약'은 달팽이를 군자의 처신에 비유한 「자유소기(自有所記)」의 주제다. 어려운 상황에서도 평온하게 지내며 자신을 지킬 줄 아는 자세야말로 군자가 어떤 처지에 놓여도 편안히 여유를 누릴 수 있는 덕목으로 제시된다.

어떤 사람이 있다고 합시다. 그가 옥을 몸에 차고 있어도 낡은 옷을 입고 있었던 때와 낯빛이 다르지 않으며, 맛난 음식을 앞에 차려놓아도 물만 마시던 때를 마음에 잊지 않고, 근심스러운 듯 울적하며 두려운 듯 초조하다면, 저는 그가 넉넉하게 사는 것과 어려우면서도 자신을 지키며 사는 것 가운데 어디에 머물러 있는지 알 순 없습니다. 대개 조정에 발탁이 되면 이글이글 열정이 불타고, 한층한층 관작이 오르며, 총총히 열심히 뛰어다니다가도, 이윽고 타오르던 열정은 식고, 오르던 자리는 떨어지며, 열심히 뛰다 넘어지면, 갑자기 초목이나 꽃잎이 시들어 버리듯, 죽을 때까지 그곳에 머물러 있는 사람은 없습니다. 그런 뒤에야 군자의 넉넉함이란 그 결과에 분명 이유가 있으며, 이른바 근심스러운 듯하고 두려운 듯했던 것도 결국 일찍이 하루도 욕망을 버린 맑은 마음에서 벗어나지 않았기 때문이라는 것을 알 수 있습니다.

군자는 넉넉한 처지이건 어려운 처지이건 욕망을 버린 맑은 마음을 잃지 않는 것이 중요하다고 한다. 그러나 이것은 넉넉한 처지일 때 깨닫기보다, 오히려 어려운 처지일 때 깨닫는 것이 더 확고하고 가치가 있다. 김매순 자신처럼 상황이 어려울수록 욕망을 버리고 평온한 마음으로 자신을 지키는 일이 절실하게 요구되기 때문이다. 자신의 인생에서 쇠락한 현재의 상황을 어떻게 극복하며 살아가느냐가 중요한 관건이었던 것이고, 이것을 은거해 사는 지식인으로서 지켜야 할 화두로 발견했던 것이다.

학문과 문학, 겸통(兼通)의 세계

정치권으로부터 소외된 처지에서 김매순이 선택했던 것은 가학(家學)의 전통을 이어 학문과 문학에 전념하는 일이었다. 딱히 가학의 전통이었던 때문만이 아니라, 사대부 지식인으로서 자신의 책무에 충실하고자 했던 것이다. 그는 평생 학문과 문학 두 방면에 모두 관심을 가지고 큰 성과를 이루었지만, 좀더 정확히 말하면, 학문과 문학을 통합시키는 일을 기획하고 있었다. 본래 학문과 문학이 서로 통합되어있는 것이 고전의 정신인데, 언제 부터인가 이 둘이 서로 분리되어 화합될 수 없는 상태가 된 것을 그는 심각한 문제로 인식하고 있었다.

> 요즘 문장을 하는 사람들은 경학을 진부하다고 비판하며, 경학에 종사하는 사람도 지나치게 문장을 배척하며 전혀 생각에 두지 않는다. 필경 문장은 화려한 데서 손상될 것이고, 학문은 고루한 데 병들 것이니, 실패하기는 매 한가지다. (「답족질사심(答族姪士心)」)

학문이 문학과 분리되면 고루해지게 되고, 문학이 학문과 분리되면 화려해지고 만다는 이유에서였다. 사실 그랬기 때문에 경학은 진부해져 버렸고, 문학도 말만 화려한 속빈 강정 취급을 받고 있다는 것이다. 학문이 고루하다는 것은 세상과 인간에게 유익한 말은 없이 케케묵은 논설만 늘어놓는 것을 말하고, 문학이 화려하다는 것은 특별한 주제의식도 없이 쓸데없이 변죽만 울리는 글을 두고 말한다.

> 문학은 도와 짝을 이룬다. 도를 떠나면 문학이 아니기 때문에 문학에 심오했던 옛 사람들은 모두 도를 문학의 근본으로 삼았다. 도를 수용할 때는 소심한 자세가 필요하고,

도를 책임지게 되면 대담해야 한다. 이 둘은 서로 필요한 자세로서 한 쪽이 모자라서도 안된다. 조금 깨달은 것으로 만족하고 잘난 체 기뻐하는 사람은 족히 말할 것도 못되고, 더러 겸양한 태도로 일관하여 세상을 경륜하고 교훈을 남기는 것을 자기의 소임으로 생각하지 않는 사람은 뜻이 바로 서질 않으니 말도 역시 그와 같다. 비록 지엽적인 서술이 잘 정돈되어 있고 맥락과 논리가 치밀하더라도 근본과 바탕이 취약해서 끝내 중책을 짊어지고 멀리까지 가지 못한다. (「제이심부문권(題李審夫文卷)」)

학문을 하더라도 "세상을 경륜하고 교훈을 남기는 것을 자기의 소임으로 생각하지 않"으면, 뜻도 서지 않고 말도 서지 않아 고루한 것이 되고 만다. 문학도 주제의식이 취약하면 아무리 지엽적인 서술이나 맥락과 논리가 치밀해도 감동이나 설득력을 얻지 못한다는 것이다. 이런 편협함은 결국 "모두 문도일관(文道一貫)의 묘미를 보지 못한" 때문이라고 김매순은 진단했다.

"문도일관의 묘미", 이것이 농암 이후 가학의 전통으로 김매순이 계승한 것이었다. 그래서 그는 "경학과 문장을 합해 하나를 이룬 사람으로는 오직 우리 집안의 할아버지들이 그러하셨다. 이는 뒤를 잇는 자들이 본받아 따르는 것이 마땅하다."(「답족질사심」)고 강조했다. 이 때 경학은 주자 의리학(義理學)이오, 문학은 한유·구양수를 정통으로 하는 당송고문이었다. 다만 김매순의 주자학은 성리학자들의 고루한 학문과는 달랐다. 그는 성리(性理)의 논설보다 의리(義理)의 실천성을 중시했다. "성심(性心)의 의문처를 지루하게 문답하고, 장례 제사 절차를 세세하게 따지"는 도학자들의 태도를 비판하고, "마음에 인의를 품는 것이 유업(儒業)"이라고 시로 읊은 적도 있고(「방언(放言)」), "학문이란 다른 것이 아니라 선(善)을 행하는 것일 뿐이다."(『궐여산필』)고 강조하기도 했다.

이렇게 학문을 통해 깨달은 것이 마음속에 온축되면, 그것은 자연히 말과 글로 드러나게 된다. 이렇게 마음에 온축된 것을 김매순은 '견식(見識)'이라 표현했고, 이것을 표출한 것이 진정한 문학이라고 보았다. 그래서 그는 "언어로 표현하는 것이 사람의 성정에서 벗어나면 제대로 얻을 수 없다. 모름지기 진실한 견식이 있어야 진실한 문장이 있는 법이다."(「답사심(答士心)」)고 발언하는데, '진실한 견식'의 획득, 이것이 학문과 문학을 통합하는 방법론이었던 것이다.

김매순은 노론계의 대학자였던 송시열과 김창협으로 이어지며 전수되어 온 『주자대전』 문목에 대한 해설서(『주자대전차의문목표보(朱子大全箚疑問目標補)』)를 완성시키는 학문적 업적을 이룬 바 있다. 주자학에 대한 해박한 학자가 아니면 엄두도 없는 작업이다. 그렇다고 여타 성리학자들 마냥 이기(理氣)나 성정(性情)에 대한 논설을 늘어놓은 적은 없었다. 한편 그는 조선후기 의론체 산문의 예술적 성과를 끌어올려 당대를 대표하는 문인으로 추앙

받았다. 실제 그의 작품에는 독서와 사색에 의한 심오한 정신이 깃들어 있어, 쉽게 읽히지 않는 글이지만 곱씹어 읽을수록 사유의 깊이를 느끼며 감동을 얻을 수 있다. 인간에 대한 지적 책무를 저버리지 않는 학자적 자세와 진부하고 고루한 것을 싫어하는 문인적 자질의 면면을 그의 작품세계에서 만날 수 있을 것이다.

제1부
나의 길, 나의 삶

졸렬한 성격, 졸렬한 삶, 졸렬한 나의 글

|

石陵稿自敍

내 성격이 아주 졸렬하니, 내 글도 그와 같다.

서생이 되어 과거의 격식문을 배웠지만, 금인(金印)과 은인(銀印)을 펼쳐놓고 시문의 대우를 맞추거나 여기저기서 뽑아 엮으면서 재능 있는 응시자들과 겨루는 일도 결국 잘하지 못했다. 벼슬길에 나가서야 차츰 옛 작가들의 글을 보았는데, 총명하지 못해 열심히 두루 보지는 못하고, 단지 경서로는 『시경』과 『서경』, 사서로는 『사기』와 『한서』, 문집으로는 당송팔가를 즐겨 보았다. 인륜과 풍속과 군주의 덕과 시정에 관한 일, 어질고 모자란 자들이 나타났다 사라지고 나아가며 물러나는 대목에서 문득 머뭇거리며 반복해 읽다가 개탄하며 따져 생각해 보곤 했다. 그러나 편장과 자구를 다듬고 고쳐 아름답게 꾸미거나 기이하게 얽는 일에는 힘쓸 겨를이 없었다. 그래서 가끔 글을 지어보아도 얄팍하고 형편없이 일상의 형식적인 표현을 흉내낼 뿐, 몹시 특이하고 기이하며 특출난 소리나 찬란한 볼거리로 귀를 즐겁게

하거나 눈을 놀라게 할 것은 없었다. 대개 뛰어난 문장은 화실(華實)을 겸하고 본말(本末)을 반드시 갖추고 있는 법인데, 본과 실은 족히 거론할 것도 없고, 화와 말 역시 서로 보완하지 못하고 있으니, 내 문장의 졸렬함을 알 수 있다.

선왕이 다스리던 시절에는 성인이 윗자리에 계시며 당당히 하은주(夏殷周) 삼대(三代)의 군사(君師)로 자임하시고, 예문(藝文)에 관한 일에 더욱 정성을 쏟으시자, 선비로서 재능이 뛰어나고 포부가 있으며 기예를 갖추고 성은을 바라는 이들이 문장의 힘을 빌려 발판으로 삼지 않는 이가 없었으니, 문사를 갖춘 인재가 거의 집집마다 있었다. 나도 마침 사가독서(賜暇讀書)의 기회를 얻어 북산의 옛 집에 머물며, 종일토록 묵묵히 지냈기 때문에 당시 사람들의 입에 오르는 이야기는 언급조차 하지 않았다.

십여 년 이래로 사대부들이 법도의 구속에서 벗어나 호방한 것을 즐기며 통달함을 귀중히 여기더니, 차츰 문학을 배척하여 쓸모없는 것으로 여기게 되었다. 그러나 말하기 좋아하는 자들이 조정의 선비들 가운데 문장에 능한 이를 꼽을 때면 내 이름이 간혹 그 사이에 끼인다고 한다. 내 문장의 졸렬함이 전이나 지금이나 차이가 없으며, 벼슬에 나가고 물러나 있을 때에 겪는 일을 보면, 졸렬함이 어디 문장만 그렇겠는가. 그렇다! 문장이 뛰어나고 졸렬함은 훤히 쉽게 드러나는 법이다. 또 내가 서울에 거주하며 벼슬길에서 날마다 사람을 접촉해 보니 그 마음속에 있는 것을 알기 어려운 것도 아니었다. 명분과 실상이 서로 어굿나는 것도 오히려 이와 같은데, 하물며 도와 덕은 깊은 곳에 온축되어 있고 큰 산과 깊은 계곡은 인간세상과 멀리 있으니, 비난하고 칭송하는 말로 그 품격을 결정하는 것은 더욱 곤란하지 않겠는가.

내가 지은 글이 많지도 않은데 그것마저 흩어지고 버려졌으며, 남은 것도 이리 저리 뒤섞인 것 몇 상자뿐이다. 이미 미호(渼湖) 근처에 은거한 뒤로 나를 따르는 시골의 몇몇 수재들이 감춰둔 원고를 보자고 하기에 나는 없다고 사양했지만, 더러 의심하며 믿지 않는 눈치다. 그래서 내가 탄식하며, "이는 말하기 좋아하는 자들이 잘못 이야기한 탓이다."고 했다. 그러나 내가 지은 글이 전무한 것도 아닌데 일체 닫은 채 거부하기만 한다면, 도리어 사람들로 하여금 나의 졸렬함을 비호해서 명성을 취하려는 게 아닌가 하는 의심을 사지는 않을까? 그래서 상자를 열어 시(詩)·부(賦) 몇 수, 소(疏)·차(箚) 몇 편, 서(序)·기(記)·발(跋)·논(論)·설(說)·서독(書牘)·잡저(雜著) 몇 편을 찾아 몇 권으로 베껴 엮어 그들의 요구에 응했다. 내 문장이 비록 졸렬해도 서당책이나 보았던 동자들로 하여금 읽게 한다면 취할 만한 것이 없지 않겠지만, 안목이 있는 사람이 한 구절만 맛본다면 비위에 받치고 입에 거슬려, 팔을 흔들며 던져버리고 "말하기 좋아하는 자들의 말이 헛소리다"고 할 테니, 이 또한 졸렬한 자에게는 다행한 일일 것이다. 김씨는 안동 출신인데, 안동을 한편 석릉이라고 한다. 그래서 책 표지에 석릉고(石陵稿)라고 쓰노라.

자기 글을 아끼지 않는 문인이 과연 있을까? 간혹 자기 원고를 물에 씻어버리거나 불에 태워버린 사람도 없진 않았지만, 그것은 기실 자기 글을 진정 아꼈기 때문에 구설에 더럽혀지는 것을 피하기 위한 결행이었으리라. 이름을 알리거나 돈을 벌 목적으로 시세에 영합하고 대중의 기호를 추수하는 행위는 진정 글을 아끼는 일이 아니다. 그런 글 속에는 어떤 정신이나 영혼이라곤 찾아볼 수 없으며, 진실성도 없다. 결국 아끼지 않는 글은 문학이 아니오, 글을 아낄 줄 모르는 사람은 문인이 못된다.

옛 분들은 자기 글을 몹시 아꼈다고 한다. 그들은 항상 후대에까지 길이 남을 글을 짓기를 꿈꿨기에, 글 한편 한편마다 자신의 혼을 쏟아 부었으며, 고치고 다듬고 심지어 찢어버리기를 수도 없이 반복했다. 그렇게 일생동안 지은 글을 소중히 간직했다가 문집으로 묶어낸다.

김매순은 학자이자 문인의 삶을 살았지만, 굳이 하나를 말하라면 문인에 더 가까운 사람이다. 스스로 많은 글을 짓지는 않았다고 말하는데, 실제 다른 문인들에 비해 문집이 가벼운 편이다. 흔히 작가가 죽은 뒤에 그의 문집을 간행하는 것이 일반적이었고, 김매순의 문집도 그가 죽은 뒤에 엮어졌다. 그러나 생전에 일차 자신의 글을 모아 묶은 적이 있었는데, 그 문집의 이름이 『석릉고』다. 그도 몹시 글을 아꼈던 바, 자신의 글을 남들에게 잘 보여주지 않았다고 한다. 그러나 그는 그 이유를 자신의 글이 '졸(拙)'하기 때문이라고 변명한다.

자신의 성격이 '졸'해서 자기 삶도 '졸'했고, 따라서 글도 '졸'해서 볼게 없다고 한다. 여기서 '졸'을 편의상 '졸렬'로 번역했는데, '졸'이란 서툴고 성숙되지 못해 보잘것없다는 의미다. 겸사의 표현이라고 볼 수도 있지만, 항상 보다 성숙된 삶과 문학을 지향하는 작가의 입장에서는 자기 글이 늘 그렇게 보일 수밖에 없을 것이다. 사실 그것도 진정 자신의 글을 아끼기 때문이다.

장동의 안동 김씨, 당당한 가문의 출신이면서도 올곧은 자신의 성격 때문에 부정한 행태들과 대립각을 세웠으니 성격이 졸렬했던 탓이고, 사촌형 김달순이 옥사로 처형될 때 연좌되어 젊은 황금시절을 재야에 묻혀 지냈으니 삶도 졸렬했던 셈이다. 이런 처지에 지어진 글이 당연히 졸렬하다는 것이 그의 변명이다. 그러나 그의 글을 읽어보면 생각은 곧아도 말이 모나지 않으며, 관직에서 쫓겨나 20년을 재야에 있었어도 원망하는 말 한마디 찾아보기 어렵다. 오히려 그럴수록 학문과 사색으로 자신을 다잡고 수양했던 깊은 온축이 글 속에 베여있음을 볼 수 있다. 물론 자기 글이 아주 만족스러운 것은 아니었겠지만, 그래도 이런 자부감이 있었기에 제자들에게 감히 공개할 수 있었던 것이리라.

인생만사 모두 바람이어라

|

風棲記

나 석릉자(石陵子)는 자리에서 쫓겨나자 미수(渼水)가에 무너진 집을 구해 수리해서 들어갔다. 이 집은 본래 사랑채는 없고, 중문 오른쪽으로 두 칸짜리 건물을 두었는데, 그 중 반을 벽을 치고 거실을 두었다. 그러나 흙은 손질을 하지 않아 고르지 못하고, 나무는 톱질을 않아 매끄럽지 않다. 기와 벽돌 주춧돌 쇠장식 등 건물에 부속되는 작업들의 일체 비용을 아끼고 공정을 서두느라, 화려하게 꾸미거나 견고하게 다지는 일은 계획할 여유가 없었다. 지대는 솟아서 높지만, 처마는 낮게 들추어져 있고, 종이창 하나가 담장과 울타리를 겸하고 있으니, 쳐다보면 마치 새가 높은 나무 위에 둥지 틀고 있는 것처럼 흔들흔들 떨어질 듯하다.

인부가 말하길 "바깥 쪽문을 달지 않으면 앞으로 바람에 괴로울 겁니다."고 한다. 석릉자는 그 생각이 옳다고 여겼지만, 또한 형편이 좋지 않아 문을 달 겨를이 없었다. 그러니 매번 바람이 서남쪽에서 불어와 골짜기를 울리고 나무숲 위로 높이 날아, 모래먼지를 날리고 물결을 치며 강을 거슬러 동쪽으로 지나칠 때면, 문의 차양을 밀치고 문설주를 스쳐 안석을 흔들고 자리를 울리며, 방구석 틈으로 항상 스산한 바람소리가 인다. 가령 손백부(孫伯符 : 孫策)와 이아자(李亞子 : 唐 莊宗)처럼 백만 명의 무리를 거느리고 넓은 들판에서 전쟁을 치를 적에 고단한 성과 보루를 지키며 적들의 공격을 받아 전력으로 적을 무찌르던 경력 같은 게 없다면, 베개 높이 베고 즐거워 할 수 있는 사람 또한 드물 것이다. 그래서 이 집을 "풍서(風棲)"라고 이름 붙인다.

석릉자는 일찍이 약관의 나이에 과거에 합격해서, 안으론 온축된 자질도 없고 밖으론 도와주는 이도 없었지만, 청요직을 두루 거쳤으니, 동년배로서 뒤에 처진 자들이 더러 영예롭게 여기며 부러워했다. 그러나 너무 성급하고 어리석어서 걸핏하면 시속과 어긋났으니, 뼈가 녹을 정도로 훼방 놓친 않았지만 앞길을 막을 만했으며, 치가 뜰릴 정도로 시기하진 않았지만 군신간의 관계를 벌여놓을 만했으니, 대개 관직생활 십수 년 동안 위태위태해서 하루도 편한 날이 없었다. 그러더니 바로 난리가 터져, 창칼이 미치지 않는 곳엔 그물을 쳐놓아 자취와 소리로 동태를 살피니, 날거나 달려도 피할 길이 끊어지고 말았다. 이즈음에 많은 사람들이 모두들 석릉자를 위해 두려워해 주었다. 비록 석릉자 역시 분명 요행은 없을 것이라고 여겼지만, 밥 먹고 물마시며 처자식들도 평소처럼 봉양해주니, 바람이 심하다 해도 처마

밑이나 돗자리 놓인 곳 정도일 뿐이다.

누군가 말했다.

"바람은 사물을 흔드는 것이고, 둥지는 편안히 쉬는 곳입니다. 편안하더라도 흔들림을 면치 못하고, 흔들리더라도 편할 수 있으니, 바람과 둥지는 서로 순환하며 그치지 않을 것입니다. 석릉자의 뜻과 행동이 아마도 여기에 있는 것 같군요."

이에 석릉자는 한숨쉬고 탄식하며 이렇게 말했다.

"바람은 분명 실상 그대로를 나타낸 말인데, 그대는 확대 해석을 하시는군요. 대개 해와 달, 냉기와 한기, 바람과 비, 번개와 천둥은 천지가 부리는 것입니다. 그러나 해는 양기를 담당하고 달은 음기를 담당하며, 온기는 펼치게 하고 냉기는 모아들게 하며, 비는 윤택하게 하고 천둥은 소리를 울리니, 저들은 분명 각자 하나의 직책만 전담하고 있을 뿐, 나머지 다른 것에는 두루 통하지 못합니다. 그러나 바람은 그렇지 않지요.

방위별로 맡게 되면 4풍이 되고, 다시 모퉁이까지 교차시키면 8풍이 되며, 꽃소식을 전할 때는 24신풍(信風)[1]이 되고, 계절의 균형으로 말하면 72풍이 되니, 한 때도 바람이 없는 적이 없고, 북해에서 일어나 남해로 들어가며 왕궁에서 서민의 집에 이르기까지 가리지 않고 불어주니 한 곳도 바람 없는 곳이 없으며, 무

---

1 24신풍(信風) : 중국 강남 지방에 초봄에서 초여름가지 꽃소식을 전하며 불어
  온다는 바람. 매화풍(梅花風)에서 시작해서 연화풍(棟花風)으로 끝난다.

성한 큰 나무도 바람으로 싹이 피어나고, 단단히 얼어붙은 얼음도 바람에 녹아 물결을 일으키니, 한 가지 일도 바람 때문이 아닌 것이 없지요. 하늘과 땅 사이에 형체를 가진 것 저들 중에 하루라도 바람에서 벗어나 존재하는 것이 있던가요?

석가모니는 땅·물·불·바람을 사대(四大)라고 했는데, 형상과 바탕은 땅에 해당하고, 축축한 것은 물이오, 포근하게 따뜻한 것은 불에 해당됩니다. 만약 숨을 쉬고 마시며 몸을 굽히고 펴며, 오고 가며 앉았다 누우며, 찡그렸다 웃고 소리 내어 부르는 등의 모든 몸의 운동과 한 시대의 작용들이 참으로 이르는 곳마다 바람 아닌 것이 없습니다. 복희(伏羲)·신농(神農)·오제(五帝)의 오랜 옛날은 너무 멀어서 살필 수 없지만, 춘추시대 이후로 관중(管仲)·안영(晏嬰) 같은 재능과 장의(張儀)·소진(蘇秦) 같은 논변과 맹분(孟賁)·하육(夏育) 같은 용맹과 손무(孫武)·오기(吳起)·장량(張良)·진평(陳平) 같은 지략과 소하(蕭何)·조참(曹參)·방현령(房玄齡)·두여회(杜如晦) 같은 훈공이며, 굴원(屈原)·가의(賈誼) 같이 맺힌 울분과 공손홍(公孫弘)·위청(衛靑) 같이 드러나 현달해짐과 금곡원(金谷園) 같은 부귀와 평천장(平泉莊) 같은 사치스러움도 성대하게 끓어오르다가도 흐지부지 뒤집혀 수천 년 동안 가라앉아 버리고 마는 것이, 바람이 허공 속에 일어났다 사라지는 것과 다를 바가 있겠습니까? 소육(蕭育)과 주박(朱博)처럼 좋은 우정이 끝내 깨져버리거나, 우승유(牛僧孺)와 이종민(李宗閔)처럼 알력으로 인해 분파되었던 것과 같이, 아침이면 온화하게 불다가도 저녁이면 회오리로 내리치니, 이것은 단지 바람의 극히 사소한 현상일 뿐입니다. 바람만 그런 것이 아니라고 해도 또한 좋습니다. 사람도 역시 바람이며, 나 역시 바람이니, 유독 나만 그렇겠습니까? 어제도 역시 바람이며, 오늘도 역시 바람이니, 유독 이 집만 그렇겠습니까?

생각건대 바람에 대처하는 데 방법이 있습니다. 고요한 가운데 정신을 모으고 마음에 내 몸을 맡겨, 바람이 닥쳐오더라도 피하지 않고, 부딪히더라도 같이 꼬여들지 않는다면, 바람 또한 나를 어떻게 하겠습니까. 편안함도 없고 흔들림도 없으면 바람도 없고 둥지도 없을 터이니, 흔들리기를 면했다고 기뻐할 일이 무엇 있겠으며, 편안함을 잃었다고 두려워할 일이 무엇 있겠습니까. 그대의 말이 그럴 듯하긴 해도, 그 한계를 벗어나지 못한 것 아닐까요?"

그대로 이 내용을 적어서 풍서기(風棲記)로 삼는다.

순조가 즉위한 원년인 1801년, 사가독서를 마치고 복귀한 김매순은 예문관 검열과 병조좌랑을 거쳐 3년간 홍문관에 근무하고, 다시 평안도 용강 현령으로 부임하는 등 순탄한 관직생활을 보낸다. 그 무렵 수렴청정을 하던 정순왕후가 죽으면서 권력은 시파 쪽으로 기울게 되고, 김매순의 백종형이자 벽파의 영수격이었던 우의정 김달순이 시파의 탄핵을 받고 유배에 이어

사사되는 사건이 일어났다. 이 사건은 이후 시파였던 순조의 장인 김조순을 주축으로 하는 세도정권의 등장을 알리는 서막을 열었지만, 김창흡의 후손인 김매순의 가문으로서는 쇠락의 운명을 맞이하게 했던 것이다.

김달순 옥사에 연좌되어 관직이 삭탈된 김매순은 노모를 모시고 선대 때부터 퇴거해서 살았던 양주군 석실(石室) 근처의 미음(渼陰)으로 내려갔다. 낡은 집을 급히 수리하고, 그 중 두 칸짜리 건물 하나를 사랑채 겸 서재로 마련했다. 마침 지대가 좀 높아서 종종 거센 바람이 불었던 모양이다. 그래서 그는 '바람이 깃드는 집'이란 의미로 "풍서당(風棲堂)"이라 이름짓고, 이 바람이 자신에게 어떤 의미가 될 지 곰곰이 사색하고 있다.

곁에서 자신을 위로하려는 어떤 사람이, 인생이란 바람이 흔드는 것과 둥지에서 편안히 쉬는 것이 서로 바뀌며 순환하는 것이니, 지금은 바람에 흔들려 쇠락한 처지가 되었어도 다시 편안한 삶이 찾아올 것이라고 말한다. 그러나 작가는 바람의 의미를 그렇게 보지 않는다.

해와 달과 비와 같은 자연물들은 일정하게 정해진 역할만 담당할 뿐, 다른 일에 두루 통하지 못하지만, 바람은 어느 때나 어떤 장소에서나 무슨 일에든지 두루 관여한다. 세상의 어떤 사물도 바람에서 벗어나 존재하는 것은 없다고 한다. 우리가 하는 말과 행동, 이 세상에 일어나는 모든 사건들은 시간의 흐름 속에서 나타났다 사라지는 것이 온통 불어와 빠져나가는 바람과 같다는 것이다. 심지어 수천 년의 인류역사에서 나타났다 사라진 숱한 인재들과 그들의 행적도 결국 바람이오, 지금 이 시대를 살고 있는 나 자신도 바람이다. 그러니 어제의 영화도 오늘의 갈등과 고통도 어느 하나 늘 머물러 있는 것은 없다. 인생만사 모두가 바람이다. 이렇게 바람처럼 불어온 운명 앞에 절망할 이유도 없고, 다시 자신에게 편안한 시절이 돌아올 것을 기대하지도 않는다.

삶을 바람에 비유한 그의 생각이 어쩌면 운명론처럼 느껴지지만, 사실 그것은 우리 삶을 있는 그대로 관조하는 현실적 인식의 발로다. 지나간 일에 매여 그저 울분이나 토하며 자조에 빠지거나, 어떻게 다가올지 모를 미래의 망상에 젖어 현실을 외면하는 그런 사고로부터 벗어나 있는 것이다. 그저 "고요한 가운데 정신을 모으고 마음에 내 몸을 맡겨, 바람이 닥쳐오더라도 피하지 않고, 부딪히더라도 흔들리지 않는" 자세로 살아갈 뿐이라는 게 낙향한 은자로서 김매순의 현재적 결의다.

세상에 처신하는 두 가지 논리

|

應客

풍서루 주인은 평소 사람 접촉을 꺼리고, 사람을 만나더라도 말을 아주 간소하게 했으며, 시사에 관해서는 더더욱 금기시했다. 어느 날 전부터 서로 잘 지내다가 근래에 요직생활에 익숙한 한 손님이 격식을 깨고 그를 찾아왔는데, 옷과 말과 종복이 근사했다. 대화를 하는 사이에 시사문제에 이르면 주인은 모른다고 사절했다. 그러자 그 손님이 화를 내며,

"우리가 오래 전부터 서로 잘 지냈던 사이기 때문에 저는 당신께 숨기는 게 없는데, 어째서 당신은 이렇게 심하게 거부하시오."

하였다. 주인은 할 수 없이 그의 질문에 십 여 차례 응답했지만, 오히려 생각이 합치되지 않는 것이 더 많았다. 주인은 웃으며 손님에게 말했다.

"그대는 우리가 왜 서로 합치되지 않는지를 아시겠소?"

"모르겠소."

"유가에 성과 리와 기의 이론이 있다는 것을 아시오?"

"모르오."

"유가에 성과 리와 기에 관한 이론이 있는데, 리를 기준으로 말하면 세상의 모든 성은 같지 않은 게 없고, 기를 기준으로 말하면 세상의 모든 성이 다르지 않은 게 없습니다. 같거나 다른 원인을 알아서 같거나 다르다고 하는 것이니, 같다거나 다르다는 주장이 모두 옳지요. 그러나 빼딱하게 논쟁을 좋아하는 자들이 성이 같다고 말하는 사람들을 보고서는 기를 내세워서 난색을 표하길, '이렇게 다른데 어째서 같다고 하는가?'라고 하고, 또 성이 다르다고 말하는 사람들을 보고서는 리를 내세워서 난색을 표하길, '이렇게 같은데 어떻게 다르다고 하는가?'라고 합니다. 그래서 만 가지 말이 만 가지로 나뉘어 합치되지 않지요. 사태를 논하는 것도 역시 그렇습니다.

이 세상에 살고 있으니 이 세상에 관해 얘기해 봅시다. 피아의 구분이 서로 형성됨으로서 은인과 원수가 생겨나고, 강약의 정도를 서로 살핌으로서 나가고 물러나는 일이 나타나며, 이해 관계에 서로 매달림으로서 모이고 피하는 일이 생겨납니다. 복잡하게 무리지어 있어도 반드시 잘못되었다고 할 수 없고, 외로이 홀로 있다고 반드시 옳다고 할 수 없으니, 이것은 '형세의 논리'입니다.

반면 천고의 먼 옛날로 세상을 설정해 두고, 수많은 사람들과 무관하게 자신을 초탈시키면, 피아의 구분이 형성되지 않고, 강약의 정도가 비교되지 않으며, 이해관계도 개입되지 않습니다. 무리를 지어도 당파를 이루지 않고, 홀로 되어도 괴이한 짓을 하지 않으니, 이것은 '도리의 논리'입니다.

이 두 가지 논리가 서로 무관하지 않는 것은 성에 리와 기가 있는 것과 같으며, 이 두 가지 논리가 서로 어긋날 수 없는 것은 성을 논설하는 자들이 하나의 이론을 고집하여 다른 이론을 비난할 수 없는 것과 같습니다. 지금 저와 그대가 생각이 합치되지 않는 것은 어쩌면 서로 설명하는 입장이 어긋나 있어서 서로 삐딱해진 것이 아닐까요?

그렇지만 그대는 현달한 사람이어서 함께 교류하는 사람들이 모두 당대의 걸출한 호걸일 터이니, 형세에 대한 설명은 분명 충분히 들었을 것입니다. 지금 격식을 깨고 강호로 직접 수레를 타고 찾아와 창피하게 여기지 않고 나와 함께 얘기를 나누는 것은 충분히 들어온 얘기 외에 아직 못들은 게 있을 것이라고 생각했기 때문이겠지요. 그러니 제가 그동안 충분히 들어온 얘기를 다시 드린다면, 그것은 물고기와 자라를 잡아서 강과 바다를 대접하는 꼴이겠으며, 그리고 그대가 그동안 충분히 들어온 것과 다른 얘기를 듣는 것을 의문스러워한다면, 그것은 채소와 과일을 찾아놓고는 맛이 쌀이나 고기와 다르다고 의문스러워하는 셈이니, 너무 잘못된 일 아니겠습니까?

게다가 제가 듣기로 군자는 자신에게서 병으로 여기는 것이 세 가지가 있다고 합니다. 선을 악이라고 인식하거나 악을 선이라고 인식하는 것은 견해가 잘못된 병입니다. 선인 줄 알면서 따르질 못하고 악인 줄 알면서 피하지 못하는 것은 지기(志氣)가 모자란 병입니다. 선인 줄 알면서 따르지 못했을 때 따르지 못한 것이 부끄러워 대뜸 '저건 분명 선한 것이 아니야.'라고 말하고, 악인 줄 알면서도 피하지 못했을 때 피하지 못한 것이 부끄러워 대뜸 '이건 분명 악한 것이 아니야.'라고 말하는 것은 마음 씀이 비뚤어진 병입니다. 견해가 잘못된 병은 깨달으면 없앨 수 있고, 지기가 모자란 병도 힘써 노력하면 없앨 수 있지만, 병이 마음에 있는 것은 죽어야 사라지는 것이지요. 그래서 왕업을 이룬 군주들이 버렸던 것이며, 성사(聖師)이신 공자께서 끊으셨던 것입니다. 그러나 사람들은 안타깝게도 스스로 알지 못할 뿐입니다.

견해와 지기에 대해서는 제가 감히 자신할 수 없지만, 마음 씀이 비뚤어진 병의 경우는 그 병에 들지 않기 위해 밤낮으로 염려하고 있습니다. 고명하신 그대도 인정하시겠습니까?"

손님은 한참을 묵묵히 있다가 말했다.

"그대 말씀이 맞습니다."

손님이 가고나자 한 문인이 물었다.

"형세와 도리는 끝내 합치될 수 없는 것 아닙니까?"

"어째서 합치될 수 없다고 생각하나? 군자가 윗자리에 있을 땐 도리로써 형세를 이끌어가고, 군자가 아랫자리에 있을 땐 형세를 버리고 도리를 따르네. 장횡거 선생께서 '기질의 성에는 본성답지 못한 면이 있다.'고 하신 말이 그런 뜻이네."

"그러면 선생님은 어째서 손님에게 그렇게 말씀하지 않으셨습니까?"

"물어도 모두 말해주지 않는 것을 '함구'라고 하고, 묻지도 않았는데 말을 모두 다해 버리는 것을 '수다'라고 하는데, 함구하면 상대를 외면하게 되고, 수다스럽게 말하면 자신을 잃게 되기 때문이었네."

 학문하면 사(士)요, 정치하면 대부(大夫)라고 했으니, 사대부란 본래 동전의 양면처럼 두 가지 처지를 한 몸에 지고 사는 존재였다. 그러나 그것은 이상이요 옛사람들 경우였을 뿐, 조선후기에 이르러서는 공존 불가능한 현실처럼 이 둘을 겸하는 사람을 찾아보기 어려워졌다. 사대부 계층의 분화가 심화되면서 사와 대부 사이에 더 선명한 경계가 생겼던 것이다. 이는 학문적 수양과 정치적 실현을 통합하는 고전적 지식인상의 분열을 의미하며, 학문 따로 정치 따로, 학자와 정치인의 역할이 구분되는 시대가 되었음을 뜻한다.

이 글에서 김매순은 자신을 방문한 요직의 관료와 대화하는 형식을 빌려, 사대부로서 세상에 처하는 두 가지 방식을 설명하면서 사대부 지식인 세계의 분열을 암시한다. 마치 성리학의 인성론에 주리적 시각과 주기적 시각이 있는 것과 같이, 세상을 바라보며 살아가는 데에 두 가지 방식이 있다는 것이다. 하나는 '형세의 논리[機勢之說]'이오, 하나는 '도리의 논리[理道之說]'다.

전자는 세상을 피아·강약·이해의 관계로 파악하고 지극히 현실적인 논리로 살아가는 방식이라 하고, 후자는 이상적 세상을 꿈꾸며 자신을 고결하게 지킴으로서 피아·강약·이해관계를 초월해서 살아가는 방식이라고 한다. 전자가 대부로서 살아가는 논리라고 한다면, 후자는 사로서 살아가는 논리가 되겠다. 그러나 이 둘 중 어느 것은 잘못되었고, 어느 것이 옳다고 말할 수 없다고 한다. 입장과 처지에 따라 생각과 방식이 다를 뿐이기 때문이다. 가령 대부의 처지에서 '도리의 논리'로만 살 수 없고, 사의 처지에서 '형세의 논리'에 젖어있으면 곤란한 일이다. 이처럼 당시 사대부로서 살아가는 서로 다른 방식으로서 '형세의 논리'와 '도리의 논리'의 구분, 즉 대부로서 처지와 사로서 처지의 구분, 이렇게 서로 다른 삶을 사는 차이를 인정하지 않을 수 없는 현실이었던 것이다.

다만 이런 현실에서 중요한 것은 한 쪽의 처지에서 깨달은 것을 다른 한 쪽에서 받아들임으로서 자신의 식견이나 기지로도 다 알 수 없는 것을 보충해가는 자세가 중요하다고 한다. 이것이 사대부 지식인으로서 최선의 자세임을 강조한다. 김매순 자신도 "마음 씀이 비뚤어진 병"에 들지 않기 위해 밤낮으로 염려하고 있다고 하는데, 그 병이란 자기 입장과 견해만 고집하며 상대가 지닌 좋은 가치마저 왜곡하며 부정하는 태도를 가리킨다. 사대부들이 지식인으로서 역할을 제대로 하지 못하는 것이 바로 이런 태도 때문이라는 것이다.

그렇다면 이 둘은 정말 통합될 수 없는 것인가? 도리와 형세, 학문과 정치를 통합하는 지식은 불가능한 것인가? 김매순은 참된 지식인(군자)은 현실에 참여할 기회가 주어지면 도리의 논리를 중심으로 형세를 이끌어가고, 현실참여에서 소외되었을 땐 차라리 도리를 지켜야 한다고 한다. 학문적 공부와 수양을 기초로 다지고, 그것을 토대로 세상을 진단하고 현실을 판단하는 것이 이상적 삶이라는 것이다. 그러나 현실정치에서 소외되었던 김매순 자신의 처지에서는 학문을 통해 도리를 지키고 살아가는 것이 최선의 선택이며, 한편 언젠가 현실적 책무를 지게 될 지식인으로서의 자세도 포기하지 않고 있는 그의 결연한 정신을 우리는 읽을 수 있다.

뽑히지 않는 바위처럼

|

雲石說

태산의 구름이 바위로부터 피어올라 잔뜩 모이면 아침나절도 못되어 비가 되어 내리니, 이 세상에 태산은 참으로 구름의 근원지라고 하겠다. 그러나 바위가 아니면 산은 형체를 갖출 수 없고, 구름도 피어올라 비를 내릴 곳이 없다. 그런데도 시인들은 비의 혜택을 노래하기를, "뭉게뭉게 구름이 일어나더니, 부슬부슬 비가 내리네."[1]라고 하고, 또 "높은 하늘에 같은 색깔로 구름이 끼니"[2]라고 했으며, 전(傳)에서는 "우러러보기를 가뭄에 구름 보듯 한다."고 하여, 구름은 언급해도 산을 언급하지는 않았다.

성인께서는 유형과 무형의 사물을 두루 관통하셨기에 덕을 높이고 그 공로에 보답하고자 제사전례를 제정하시되, 높은 산과 큰 하천들 가운데 윤택한 액즙을 내어 만물을 이롭게 하는

---

1 『시경(詩經)』「소아(小雅)・북산지십(北山之什)・대전(大田)」.
2 『시경(詩經)』「소아(小雅)・북산지십(北山之什)・신남산(信南山)」.

곳은 모두 질종관(秩宗官)에 의해 통솔되게 했는데, 그 중 태산이 으뜸이 되었던 것이 우순씨(虞舜氏) 시대부터 시작된 사실이 경전에 나타난다. 순이 동쪽으로 순수(巡狩)를 가서 제도를 살피고 예악을 닦으며 옥백과 살고 죽은 희생 제물들을 마당에 모았을 때, 태산의 자취가 드디어 혁혁하게 크게 드러났어도 그 산의 바위는 또한 겉으로 드러나지 않았다.

큰 가뭄이 들어 물과 샘이 마르고 풀과 나무도 마르며 모래와 흙마저 타들어가면, 산에 붙어 자라던 것들도 말라비틀어지지 않는 것이 없다. 그래서 규벽(圭璧)과 양과 돼지를 차려놓고 산천신께 제사를 드리며 노래와 통곡으로 간절히 호소하는 자들이 천문봉(天門峯)과 일관봉(日觀峯) 아래에 매일같이 붐비면, 태산의 신령도 역시 고달픈 일이다.

오직 바위만이 홀로 가운데 앉아 오랜 세월동안 윤택하게 해도 자기의 덕으로 여기지 않고, 가물어도 자신은 병들지 않으며, 아무 하는 것도 없이 꿈쩍 않고, 아무 아는 것도 없이 조용히 있는다. 그러다 가뭄이 극한에 이르러 비를 내려야 할 때면 불현듯 구름을 피어 올려 몽실몽실 일어나게 하여 시원하게 비를 내리게 하는 것도, 결국 바위를 떠나 다른 곳에서 할 수 없다. 현달하기도 하고 감추어 숨기도 하며, 재주를 드러내기도 하고 드러내지도 않으며, 환난에 머물 줄도 알면서 안락을 누리기도 하니, 바위의 덕은 깊고도 깊지 않은가.

『주역』 건괘의 문언전(文言傳)에 "세상을 바꾸려하지 않고, 명성을 이루려하지도 않으며, 세상을 피해 숨어도 근심하지 않고, 옳음을 인정받지 못해도 근심하지 않으며, 즐거우면 행동하고 근심스러우면 피해버리며, 뜻이 확고하여 뽑을 수 없는 것이 잠룡이다."고 했다. 대개 뜻이 확고하여 뽑을 수 없는 것이 바로 바위의 형상이 아니겠는가. 확고한 뜻이 쌓여서 사라지지 않아야 구름이 일어나고 비가 내려 세상이 평화로워지는 법이다.

대지를 적셔 만물을 소생케 하고, 뭇 생명들에게 생존을 위한 물을 공급해주는 것은 비다. 그리고 비는 구름에서 내리기 때문에 예로부터 비의 은택을 칭송할 때 구름과 함께 언급하곤 했다. 그런데 이 구름이 생겨나는 곳을 옛 사람들은 흔히 산골이라고 여겼는데, 습한 날이면 산골에서 수증기가 피어올라 하늘로 솟아오르는 것을 볼 수 있기 때문이다. 물론 구름이 형성되는 원인은 산골의 수증기만은 아니지만, 육안으로 관찰할 수 있는 것이기 때문에 구름은 산에서 생겨나는 것이라고 믿었던 것이다.

그런데 산골 가운데서도 수증기가 피어나는 직접적인 곳을 바위라고 보았던 모양이다. 오랜 관찰을 통해 이런 결론을 내렸을 터인데, 바위가 머금고 있던 수분이 대기와의 온도차이로 증발되면서 수증기를 유발하기 때문에 그렇게 여겨졌다고 본다. 아주 과학적인 관찰은 아니지만, 구름의 근원지를 찾아보려는 관찰의 결과로서 바위를 주목한 것은 재미있는 일이다.

어쨌건 구름의 근원지는 산이지만, 그 중에서도 바위의 덕택이 가장 크다고 보는 데서 이 글의 논설이 구성되었다. 비의 은택을 이야기할 때면 흔히 구름이나 산의 은근한 덕을 말하지만, 사실은 아주 오랜 세월동안 변함없이 한 자리를 지키고 있는 바위의 깊은 덕임을 모른다는 것이다. 여기서 비와 바위의 관계가 과연 과학적인 설명이냐는 따질 일이 못된다. 단지 비가 상징하는 것이 있고, 바위가 상징하는 것이 있는데, 여기서 중요한 것은 바로 상징이 아니겠는가.

이 글에서 비는 메마른 세상을 윤택하고 평화롭게 하는 덕을 의미하는 것이라면, 바위는 확고해서 결코 변하지 않는 큰 뜻을 상징한다. 이런 뜻을 가져야 이런 덕을 이룰 수 있고, 이런 사람이 곧 군자요 지성이다. 억지로 세상을 바꾸려 들지 않고, 명예를 이루려고 하지도 않으며, 세상과 어긋나 숨어살거나 자신을 인정받지 못해도 근심에 들지 않고 편안히 지낼 줄 알면서, 그저 자신의 뜻을 확고하게 가진 바위 같은 사람이 되는 것이 김매순 자신의 다짐이자 바람이다. 앞의 글에서 '도리의 논리'로 산다는 것이 이런 뜻을 품고 사는 것을 의미하는 것이었다. 그래야 가뭄과 같은 극한의 상황이 닥쳐올 때 구름을 피워 올려 비를 내리듯이, 자신을 필요로 하는 때가 오면 세상을 위해 큰 덕을 한번 베풀 수 있기 때문이다.

나를 나답게 하는 것

|

關餘散筆(抄)

주체적 자아로서 나

나란 몸뚱어리요, 나를 나답게 하는 것은 마음이다. 갑자기 캄캄해지며 내가 있어야 할 곳을 잃어버리는 것은 내가 사라지는 것이 아니라, 나를 나답게 하는 것이 사라지는 것이다. 그러다가 돌연 내가 여기에 있다는 것을 깨닫는 것은 내가 존재하는 것이 아니라, 나를 나답게 하는 것이 존재하는 것이다. 나를 나답게 하는 것이 존재한 뒤에야 예지가 생겨나고 인의가 나타난다.

개인적 자아가 있는가 하면, 주체적 자아가 있다. 개인적 자아는 지녀서는 안되지만, 주체적 자아는 없어선 안된다. 공자께서 네 가지를 끊으신 것 가운데 '나를 없앴다'[무아(毋我)]는 말씀의 나란 곧 개인적 자아다. "천명 만명의 사람들 가운데서도 자신의 존재를 늘 안다"고 한 허형(許衡)의 말에서 자신이란 주체적 자아다. 그러나 어떤 한 생각이 일어날 때 정밀하게 살피지 못하면 개인적인 것을 주체적인 것으로 아는 경우가 있다. 이것이

신독(愼獨)을 공부하는 군자가 항상 조심할 일이다.

마음을 다스릴 때는 넓고 크게 키워야 소원한 것들이 의탁하게 되고, 일을 추진할 때는 면밀히 관찰해야 섬세한 것들이 의지하게 된다. 부드럽고 유연하면 다잡아 지키는 게 적고, 강직하고 굳으면 각박해지는 경우가 많다. 신중하면 임시방편으로 때우는 게 문제고, 예민하면 경솔하게 벗어나는 것이 걱정이다. 선을 택하는 것이 예리하지 못하면서 확신하기를 좋아하는 자가 재상 자리에 앉으면 나라를 망치고 백성을 해치게 된다. 정의를 발휘할 때 용기를 내지 못하면서 고요하고 편안한 것을 좋아하는 자가 어려운 일을 당하게 되면 군주를 버리고 부모를 몰라라 한다. 이런 덕을 갖고서 이런 병폐가 없는 것은 오직 배운 자라야 할 수 있다.

뜻은 크게 가지지 않으면 안되지만, 학행(學行)으로 채우지 않으면 가난한 사람이 금과 옥을 이야기하는 것과 같다. 기는 굳건하지 않으면 안되지만, 도의(道義)로 거느리지 않으면 미친 사람이 물과 불 위를 걷는 것과 같다.

선과 악

선을 지향하려면 순수해야 하고, 선을 지키려면 굳건해야 한다. 지향하는 것이 깊다 하더라도 너무 외곬수가 되면 둘로 갈라지지 않을 수 없으니, 순수하지 못한 까닭이다. 지키는 것이 견고하다 하더라도 너무 궁액하면 흔들리지 않을 수 없으니, 굳건하지 못한 까닭이다. 굳건해지려면 순수해야 하고, 순수해지려면 정순(精純)해야 한다. 무엇이 정순한 것인가? 공과 사, 의와 리를 분별하는 것뿐이다.

같은 무리끼리 서로 어울리고, 다른 무리끼리는 서로 등지는 것이 사물의 이치다. 그래서 선행을 행해 본 뒤에야 남의 선행을 좋아할 수 있고, 악행을 저질러 보지 않아야 남의 악행을 미워할 수 있다. 선행을 보고도 좋아할 줄 모르다면, 설령 선행을 한다고 해도 나는 믿지 못하겠다. 또 악행을 보고도 미워할 줄 모른다면, 설령 악행을 저지르지 않는다고 해도 나는 역시 믿지 못하겠다. 어째서 그런 줄 아는가?『주역』에 "군자는 같은 무리끼리 모아서 사물을 분별한다."고 했기 때문이다.

반드시 죽일 만한 큰 악을 품고 있는 것은 아니지만 그 싹이 있어서 간혹 겉으로 발현되고, 반드시 모범이 될 만한 자그만 선이라도 없는 것은 아니지만 그 뿌리가 없어 끝내 사라지고 마는, 이런 사람이 소위 대중이다. 악을 제거해서 그 싹을 없애려고 노력하고, 선을 행해서 그 뿌리를 세우려고 노력하는 사람을 이름하여 학자라고 한다. 악의 싹이 사라지고 선의 뿌리가 선

뒤에야 군자가 된다.

교만과 인색함은 모든 병폐의 뿌리요, 명성과 이익은 모든 악의 근거다. 안에서는 교만과 인색함을 끊어버려야 마음을 보존하는 것이 튼실하고, 밖으로는 명성과 이익을 초월해야 천리를 보는 눈이 밝아진다. 끊지 못하고 초월하지 못하면 비록 학문을 한다 해도 끝내 '헛된' '거짓' '요사한' '어리석은'이라는 네 가지 수식을 떼놓을 수 없을 것이다.

말과 행동

무익한 말을 하지 않아야 덕을 기를 수 있고, 무익한 일을 줄여야 생명을 기를 수 있다.

행동은 미루어선 안되고, 말은 앞세우면 안된다. 행동할 땐 실수를 저질러서는 안되고, 말할 땐 군말하려고 하면 안된다. 무슨 말이냐.

행동하는 것은 스스로를 다스리는 것이고, 말하는 것은 남을 가르치는 것이다. 스스로 다스리는 일은 급한 것이기 때문에 미루어선 안되고, 남을 가르치는 일은 느긋한 것이기 때문에 앞세워서는 안된다. 행동은 자기로부터 나오는 것이어서 체득을 해야 그런 행동을 할 수 있기 때문에 실수를 저질러서는 안되고,

말은 옛 글에 갖추어져 있어서 그것을 가져다 말해도 이미 충분하기 때문에 더 이상 군말하려고 하면 안된다.

이 글들은 김매순이 자신의 마음과 선악과 행동의 문제 등에 관해 사색한 것을 비망해둔 기록에서 발췌한 것이다. 학자이자 지성인으로서 자신의 존재에 관련된 고민의 결과다.

흔히 내 신체를 가리켜 '나'[我者]라고 하지만, 실제 지각하며 사유하고 행동하는 '나'는 과연 누구인가? 신체와 같이 눈에 보이는 존재로서 '나'는 모든 인간이 똑같이 소유하고 있다. 그러나 인간은 모두 똑같지 않아서 저마다 개성이 있고, 생각이 다르며 마음 쓰는 것도 다른데, 그것은 지각하고 사유하고 행동하는 것이 다르기 때문이다. 그래서 김매순은 각기 다른 '나'를 가리켜 '나를 나답게 하는 것'[我我者]이라고 부른다. '주체적 자아'[主宰之我]라는 말도 이것의 또 다른 표현인 셈이다.

나를 나답게 하는 것은 곧 생각하고 행동하는 주체로서 나를 규정하는데, 생각하고 행동을 명령하는 기능은 과학적으로 말하자면 뇌가 하지만, 동양에서는 마음이 그 기능을 하는 것으로 여겨왔다. 그러므로 '나를 나답게 하는 것'은 바로 '마음'[心]이라고 비약해서 말할 수 있다.

여기에서 우리는 '나를 나답게 하는' 인간의 존재에 대한 사유를 통해 '마음'이라는 인성수양으로 발전시켜가는 김매순의 사상을 간파할 수 있다. '나답게'라는 말에도 이미 윤리적 책임을 부여해 두고 있지만, 욕망에 찬 '개성적 자아'(私己之我)의 제거와 보편적 인성으로서 '주체적 자아'의 보존을 수양론의 근간으로 삼고, 나아가 '나를 나답게 하는 것'과 '주체적 자아'를 보존하는 것이 학자나 지성인의 책무임을 강조한다. 또한 선과 악에 대한 윤리의식이나 말과 행동에 대한 책임감도 진정 나를 나답게 하는 수양의 덕목이 된다.

제2부
참 지식인의 삶과 자세

욕망을 버린 맑은 마음

|

自有所記

수양씨(首陽氏)가 북방 관직생활을 마치고 돌아와 노원(蘆原)의 옛 집을 수리하고, 거실에 '자유소(自有所)'라는 편액을 걸었다. 그리고 나 석릉자에게 이런 편지를 보냈다.

"선친 순암공(醇庵 : 吳載純)께서 일찍이 「달팽이 노래(詠蝸詩)」를 지으셨는데, 거기에 '스스로 몸 둘 곳을 가졌으니, 무엇하러 껍질을 지고 다니리.'(自有安軀所, 胡爲負殼行)라는 구절이 있습니다. 대개 달팽이라는 동물은 미물에 불과하지만, 둥근 껍질 하나로 옷과 집과 울타리까지 모두 해결하지요. 움츠려 몸을 엎드리고 가만히 움직임을 적게 하며 다른 동물과 다투질 않으니, 다른 동물들도 역시 다투려 하지 않습니다. 군자가 어려운 상황에서 평온하게 지내며 자신을 지키는 요점이 이와 비슷하겠지요. 이것이 선친께서 달팽이에게 감흥을 붙이셨던 뜻입니다.

저는 능력이 없어 앞사람에 비해 일을 잘 해내지도 못하는데 이 세상의 관적에 이름이 잘못 올랐으니, 단지 쓸모없는 혹과 같을 뿐입니다. 높고 험한 바위와 깊은 계곡이 나와 장소를 다툴 것은 아니지만, 그래도 제 뜻대로 할 수 없는 점이 있으니, 이 별장을 마련하는 일은 하책일 수 있습니다. 그러나 지대가 넓고 여유로운데다 높고 시원하며, 계곡과 산으로 둘러싸여 있어 성시(城市)와도 어느 정도 거리가 있으니, 내 몸을 편안하게 하기에 넉넉함이 있는 곳입니다. 느긋하고 여유롭게 몸을 눕혀 쉬면 끝내 큰 잘못 없이 선친의 유훈을 잘 받들게 되겠지요. 그대는 저를 위해 한 말씀으로 이 뜻을 드러내어 주십시오."

석릉자는 답장을 보내 승낙했다. 그러나 글을 아직 짓지 않았을 때 손님 가운데 이 소식을 듣고 의문을 가진 자가 있었다.

"달팽이가 어려운 상황에서 평온하게 지내며 자신을 지키는 요점을 지닌 군자와 흡사하다는 것은 참으로 수양씨의 말과 같습니다. 그러나 순암공은 이른바 군자로서 넉넉함을 누린 분이 아닙니까? 우리 정조왕의 시대에 성왕께서 윗자리에 계셔서 조정이 청명했던 때에 순암공은 대대로 내려온 오랜 신료 출신으로 총애와 영광을 입었고, 문형을 잡고 인사권을 쥐고서 국가의 큰 정치를 도운 것이 십여 년이 됩니다. 동물에 비추어 형상하자면, 높이 나는 큰 기러기의 자태요, 표범 가죽의 아름다운 문양과 같다고 하겠으며, 날개 달린 응룡(應龍)[1]이 변상(變相)하고, 추우(騶虞)[2]와 악작(鸑鷟)[3]의 상서로운 조짐과 같다고 하겠습니다.

---

1 응룡(應龍) : 우임금 시절 황하와 바다에 살았다고 전하는 날개 달린 용.

이런 점은 내버려두고 달팽이에게서 비유를 취한다면 순암공의 시대와 지위에 걸맞지 않는 게 아니겠습니까? 어쩌면 「달팽이 노래」도 그저 심드렁하게 읊은 것인데, 수양씨가 너무 지나치게 유추한 것이라고 봅니다."

석릉자는 말했다.

"그렇지 않습니다. 그대는 어려우면서도 자신을 지키며 사는 것이 넉넉하게 사는 것과 다르다는 것은 알지만, 넉넉하게 사는 것이 애당초 어려우면서도 자신을 지키는 일 없이는 되지 않는다는 것은 모르는군요. 어떤 사람이 있다고 합시다. 그가 옥을 몸에 차고 있어도 낡은 옷을 입고 있었던 때와 낯빛이 다르지 않으며, 맛난 음식을 앞에 차려놓아도 물만 마시던 때를 마음에 잊지 않고, 근심스러운 듯 울적하며 두려운 듯 초조하다면, 저는 그가 넉넉하게 사는 것과 어려우면서도 자신을 지키며 사는 것 가운데 어디에 머물러 있는지 알 순 없습니다. 대개 조정에 발탁이 되면 이글이글 열정이 불타고, 한층한층 관작이 오르며, 총총히 열심히 뛰어다니다가도, 이윽고 타오르던 열정은 식고, 오르던 자리는 떨어지며, 열심히 뛰다 넘어지면, 갑자기 초목이나 꽃잎이 시들어 버리듯, 죽을 때까지 그곳에 머물러 있는 사람은

---

2 추우(騶虞) : 검은 무늬를 지닌 흰색의 호랑이로서, 아주 신의로운 덕을 지닌 사람이 있으면 나타났다고 하여, 인의(仁義)로운 짐승으로 상징되었다.

3 악작(鸑鷟) : 봉황새의 일종으로, 주나라가 흥할 때 기산에서 울었다고 하여 왕도를 일으키고 제업을 완성하는 상스러운 조짐의 새로 일컫는다.

없습니다. 그런 뒤에야 군자의 넉넉함이란 그 결과에 분명 이유가 있으며, 이른바 근심스러운 듯하고 두려운 듯했던 것도 결국 일찍이 하루도 욕망을 버린 맑은 마음에서 벗어나지 않았기 때문이라는 것을 알 수 있습니다.

저는 뒤늦게 출사해서 순암공께 가르침을 받지 못했습니다만, 평온 담담하고 소박하며 현달한 자리에 있어도 숨은 듯한 것이 수양씨의 행실이니, 그의 행실을 통해 거슬러 그 근원을 알았고, 그의 덕을 통해 그 출처를 볼 수 있었습니다. 이제 순암공의 유집을 얻어 읽다가, 그가 일생 하도낙서(河圖洛書)와 주역단상(周易象象)에 정력을 기울인 저술을 글상자에 비장해 두고 백세 뒤에 전해지기를 기대했던 것을 보고는, 숙연한 마음에 공경스러워졌습니다. 공의 포부와 식견은 다른 사람들보다 월등히 높아서, 천박하고 얕은 식견으로는 알아볼 수 없다는 것을 알았습니다. 군자가 도에 능통하면 어디를 간들 통하지 않는 것이 없어, 꿈틀거리는 자벌레를 보고도 공자께서는 비유해서 말씀하셨는데, 어째서 유독 순암공이 달팽이에 비유한 것은 걸맞지 않다고 의심하십니까."

그러자 그 손님이 물었다.

"당신의 말씀도 그럴 듯합니다만, 『주역대전』에 '이롭게 사용해서 몸을 편안히 하여 덕을 높인다.'고 했으니, 대개 몸을 편안히 하는 일에 분명히 덕을 높인다고 말한 것은 성인의 은밀한 뜻이라고 봅니다. 그런데 공의 시에 이런 언급이 없는 것은 어째서일까요?"

"'몸'[軀]은 형체를 의미할 뿐입니다. '자신'[身]이란 것이 심성(心性)과 언행을 종합한 이름이지요. 그래서 몸이라고 표현했지 자신이라고 표현하지 않은 것은 사람과 동물을 구분한 것입니다. 동물에 대해서는 자상하면서 사람에 대해서는 소략하게 표현하는 것은 시창작에서 비(比)와 흥(興)의 정신입니다. 수양씨는 부친의 정신을 잘 계승하니 분명 자득하게 될 것입니다. 또 언덕 모퉁이에 머물러 쉬는 곳이 지극히 선한 곳이 아니라면 부질없는 말이 되지 않겠습니까?"

그러자 손님은 멋쩍어 하며 물러났다. 얼마 후 수양씨가 글을 급히 독촉하기에 영민하지 못하다고 사양하면서 손님과 나누었던 이야기를 했더니, 그는 기문이 그 정도면 충분하지 꾸며서 지을 게 뭐있냐고 했다. 결국 그 내용을 적어 집 모퉁이에 걸어 두노라.

 옛 분들이 이상적 인간상으로 거명했던 군자란 오늘날 의미로 참된 지식인이라고 말할 수 있다. 오늘날의 지식인은 지적 이성과 현실적 실천을 겸할 것을 요구하지만, 군자에게는 그것의 바탕으로서 도덕적 인성까지 필수로 요구된다. 흔히 지행합일(知行合一)이 지식인으로서의 자세라면, 군자는 거기에 도덕의 함양까지 겸해야 한다.

그러나 도덕의 함양이란 그 내용이 매우 포괄적이어서, 개인적 처지나 또는 시대와 환경에 따라 방법이 다를 수 있다. 그러므로 무얼 어떻게 해야 도덕을 함양할 수 있느냐에 따라 다양한 수양론이 제시되어왔다. 김매순도 여러 곳에서 사대부 지식인, 즉 군자의 자세에 대해 다양하게 이야기하고 있는데, 평소 친분이 깊었던 오연상(吳淵常)의 자유소실(自有所室)에 써준 이 글에서는 군자로 처신하는 마음자세에 대해 말하고 있다.

사대부는 더러 정치권에서 소외되어 궁핍해질 수도 있고, 또 순탄한 관직생활을 보내는 경우도 있다. 조선후기에 와서는 전자의 수가 훨씬 더 많았다. 이런 처지에서 군자다운 자세는 '고궁수약 (固窮守約)', 즉 "어려운 상황에서도 평온하게 지내며 자신을 지키는 것"이라고 한다. 나라에 도가 없으면 숨어서 도를 지키는 것이 군자의 도리라는 공자의 가르침을 발전시킨 고전적인 수양법이다. 이 때 자신을 지키는 일이란 학문을 통해 세상의 주체로서 자신의 삶을 수립하는 것일 터다.

그러나 이 글에서 순탄한 관직생활을 보낸 사대부와 군자다운 자세의 관계에 대한 문제가 제기되고 있다. 순암의 삶은 넉넉함을 누리며 산 삶인데 어떻게 '고궁수약'으로 평가할 수 있느냐는 것이 손님의 질문이다. 이에 대해 김매순은 순암의 넉넉한 삶은 '고궁수약'의 자세로부터 나왔다고 해명하고 있는데, 넉넉한 듯해도 어려울 때의 자세를 잃지 않고 근심스럽고 두려운 마음으로 지내는 것을 두고 그렇게 평가한 것이었다. 이것은 「응객」(「세상에 처신하는 두 가지 논리」)에서 "군자가 윗자리에 있을 땐 도리로써 형세를 이끌어" 간다는 것과 상응하는 논리다. 이처럼 넉넉해도 어려울 때의 자세를 잃지 않고, 도리의 논리로 형세를 이끌어갈 수 있는 방법은 무엇인가? 그는 "욕망을 버린 맑은 마음에서 하루도 벗어나지 않는" 것이라고 한다.

정녕 편안히 머물러야 할 곳

|

易安齋記

위진 시대에 올바른 예교가 무너짐으로서 선비들이 의리를 모르게 되었는데, 당시 정절공(靖節公) 도연명이 나타나 크게 다시 일으켰다. 그의 높은 풍모와 뛰어난 정절은 은나라의 백이·숙제와 한나라의 제갈량과 함께 행적은 달라도 그 정신이 같았고, 문장까지 또한 사람을 감발시킨다. 그래서 지금까지 학사대부들이 그를 태산이나 북두성처럼 우러러보고, 그의 노래를 읊조리며 『시경』의 풍아(風雅)와 같은 반열에 두고 있으니, 육기(陸機)·육운(陸雲)·안연지(顔延之)·사령운(謝靈運) 등은 그와 견줄 것이 못된다. 강가나 숲 속에 있는 풍월을 위한 집이나 별장에 걸린 주련과 편액들을 보면 종종 그의 시집의 글귀인 경우가 많은데, 이는 덕을 좋아하는 보편된 마음이 같기 때문이다.

그러나 손숙오(孫叔敖)의 의관을 갖춰 입는다고 재상이 되는 것도 아니며, 맹공(孟公)[1]과 같은 성씨와 자를 써서 단지 좌중을 놀라게 했을 뿐이니, 이름만 뒤집어썼지 실체가 다른 것을 군자는 취하지 않는 법이다. 오직 당나라 안진경의 「취석암(醉石庵)」 시와 송나라 소동파의 「화도시(和陶詩)」 몇 편이 정절공의 시와 나란히 전해지고 있으며, 소동파는 또 '용안(容安)'이란 이름을 그의 정자에 붙이기도 했다. 천 여 년간 도연명을 사모한 수많은 학사대부들이 반드시 두 사람만을 으뜸으로 여길 뿐, 나머지 사람들은 거기에 끼어주지도 않는 것은 어째서일까? 그들의 평생의 지조와 정절이 도연명과 견주어도 부끄럽지 않고, 정취와 풍격의 감동이 좇아 모방하는 것과는 비교할 것이 아니기 때문이다.

시랑(侍郎) 이치존(李穉尊)이 광주(廣州) 노곡(老谷)에 터를 잡아 여러 칸의 집을 지었는데, 뽕나무와 삼을 가꾸며 소나무 국화를 심어 두고 '이안재(易安齋)'라고 이름 붙였다. 치존은 처음 가난 때문에 벼슬살이를 했지만, 십 여 년 지방 고을을 돌다가 드디어 과거에 합격하여 조정에 들어갔을 때가 이미 오십이 넘었었다. 그러나 도연명이 팽택 수령이 된 지 80일 만에 41세의 나이로 전원으로 돌아온 것과 비교하면 이미 거리가 있고, 이미 이곳에 집을 지은 뒤에 또한 관직에 기용된 적도 있으며, 지금은 엄연히 아경(亞卿)이 되었으니, 명분과 실상을 따져보면 서로 어

---

1 맹공(孟公) : 후한 때 두릉(杜陵) 사람 진준(陳遵)의 자. 당시 귀족 가운데 진준과 같은 성씨에 자도 같은 사람이 있었다. 매번 그 사람이 문에 도착하면 "진맹공 듭시오" 하니, 좌중의 사람들이 모두 놀랐으나, 보니 진준이 아니었던 것이다. 그래서 그 사람을 '진경좌(陳驚座)'라고 불렀다고 한다(『한서』「유협전(游俠傳)」).

긋나 부합되지 못하지 않은가.

나와 치존은 어릴 적 친구로서 나는 그가 어질다는 것을 안
다. 또한 서로 흰 머리를 쳐다보며 은둔해 사는 고사(高士)들의
만남에 관해 함께 살피며 감상한 것이 제법 심오했는데, 대개
그들에게 미치기 어려운 것을 탄식했지만, 그렇다고 쫓아 모방
하는 자들과 같이 은근슬쩍 같은 부류인양 논평하지는 않았다.
그러나 칭찬만 하지 않고 바로잡아 주는 것이 붕우간의 도리다.
치존은 진실로 어진 사람이며, 그가 도연명을 사모하는 것이 분
명 지극하지만, 다만 그것은 친구로서 알아주는 것일 뿐이다. 그
를 천 년 앞의 시대에 두어 오늘날 사람들로 하여금 그의 덕을
살피고 그의 시대를 논하게 했을 때, 안진경과 소동파 두 사람
과 함께 같은 인물로 일컬어질 것인지는 나로서도 감히 확신할
수는 없다. 후세대가 오늘날을 보는 것이 오늘날 옛날을 보는
것과 같을 것이니, 이는 치존이 스스로 기대하는 것이 어떤 것
이냐에 달렸다고 본다.

맹자께서 백이와 이윤과 유하혜 세 분을 논평할 때, 이 분들
의 처세 방법이 달랐지만 추구한 것은 같았다고 단언하며 "인
(仁)뿐이었다"고 했고, 또 인을 설명하기를 "인은 사람이 사는 편
안한 집이다."고 하셨다. 도연명은 어쩌면 이것을 알았던 것이
다. 그러니 자유로움을 만끽할 창문과 무릎 정도 용납될 거처에
큰 몸을 맡긴다는 것은 그 뜻이 은밀하다. 참으로 그 뜻을 살펴
보지 않고 단지 몸을 맡긴 것이라고 본다면, 부서진 배나 쓰러

진 수레도 때로 걷는 일을 대신할 수 있으며, 어지러운 세상에 관복을 입고 있더라도 사지를 펴기에 넉넉할 것인데, 하필 남창과 동헌에 악기도 있고 책도 있어야 편안하다고 할 수 있겠는가. 치존은 현명해서 이 점을 익숙하게 익혔을 터이니, 내 말은 이제 번거롭지 않겠는가.

 동양에서 은군자의 상징적 존재로서는 단연 도연명이 으뜸이다. 수많은 사람들이 그를 사모했던 것은 그와 비슷한 처지가 되었거나, 아니면 그가 누렸던 전원생활을 그리워했던 때문일 것이다. 요즘같이 지긋지긋한 도시생활로부터 벗어나 조용한 전원생활을 꿈꾸는 현대인들에게도 도연명의 자적한 삶과 풍모는 아직도 연모의 대상이 되기에 충분하다.

그러나 현대인들이 꿈꾸는 전원생활이 만약 멋진 별장 지어놓고 마당에 반듯하게 잔디심어 파라솔 아래에서 우아하게 차 마시며 지내는 여유를 즐기기 위한 것이라면, 이 또한 자본주의의 속성에서 결코 벗어난 삶이 아니다. 흔히 노년이 되면서 병원이 멀리 있는 것이 두렵기도 하고, 농촌의 불편한 생활과 간단없는 일거리를 감당하지 못하고 결국 '귀도시(歸都市)'하게 되는 것은 이러한 이유에서다. 이런 전원생활은 도연명의 생활을 모방만 했을 뿐이지, 그의 뜻과 이상은 전혀 아랑곳하지 않은 처사다.

미국의 소로가 자본주의의 문명을 거부하고 숲으로 돌아가 온전한 자연인으로 살았던 것은 자본주의 물질문명의 대세에 저항하는 지식인의 한 표상이 되었다. 어쩌면 도연명의 삶도 권력과 물신에 젖은 사대부사회에 대한 저항이자, 이러한 자신의 지조와 정절을 지키기 위한 선택이었던 점에서 소로의 뜻과 차이가 없다고 본다. 은군자로서의 삶이란 도연명의 생활을 한낱 흉내 내는 것이 아니라, 바로 이러한 그의 정취와 풍격을 따르는 데에 있다는 것이 김매순의 말이다.

그래서 김매순은 '이안(易安)', 즉 편안히 머문다는 것은 어디에 머문다는 말이냐를 따져본다. 맹자가 '인(仁)'이 사람이 머무는 편안한 집이라고 했으니, 편안히 머물 곳이란 '인'이라고 한다. 도연명이 "자유로움을 만끽할 창문과 무릎 정도 용납될 거처에 큰 몸을 맡긴다."고 했던 말의 의미도 사실 육신이 머물 장소를 두고 한 말이 아니라, 인을 추구하는 위대한 정신에서 편안함 곧 자유를 느낀다는 의미로 이해했던 것이다. 현실의 모순을 외면하며 숨어 버리는 것이 아니라, 어떤 형태로든 모순에 저항하며 자신의 지조를 굳건히 지키는 자세가 도연명에게서 배울 은거의 자세라는 뜻이다.

사실 이런 삶이 결코 편안한 삶은 아니다. 육체적으로도 불편함을 감수해야 하고, 정신적으로도 소외감과 갈등들을 극복해야 한다. 그러나 세상에 대한 책무를 저버리지 않으려는 지적 의지가 오히려 마음을 자유롭게 할 것이다. 이는 자신이 재야에 있든 관직에 있든 변하지 않아야 하는 것이다. 그래서 김매순은 만년에서야 관직에 나서는 이안재(易安齋)의 주인에게도 이 점을 당부했던 것이다.

자질이 훌륭한 사나이

|

任小學傳

임보(任保)는 선대가 풍천(豊川) 사람인데, 뒤에 양주(楊州)로 옮겨왔다. 그의 형 임간(任侃)은 유학을 공부하고자 미호(渼湖) 김선생(金元行)을 종유했다. 그러나 임보는 어릴 때 공부할 기회를 놓쳐 나이 30세가 되도록 어리석게 글자 한 자 몰랐다. 가난한 집에 노모가 계셔, 형과 같은 집에 살며 봉양했다. 형은 문약해서 일을 잘하질 못했지만, 임보는 힘도 세고 과감한 성격이어서 밭일과 땔감마련이며 낚시와 사냥까지 다른 사람 몇 배의 일을 해냈다. 부엌에서 불 피우고 요리하는 일체의 힘든 일을 모두 직접 했으며, 조석으로 밥을 지어 노모께 드릴 때 반찬이 그릇에 가득하고 국이 그릇에 찰랑거렸으며, 어채와 구이와 나물을 깔끔하고 푸짐하게 먹기 좋게 해서 드리니, 어머니도 배불리 먹고 기뻐하시고 임보도 역시 만족하며 기뻐했다.

갑자기 형을 부르며 큰 소리 치곤했다.

"형님은 책 읽어서 어디에 쓰시겠소. 글자 한 자 모르는 내가 우리 노모 굶기지 않고 춥지 않게 해서 효도하는 것만 같겠소?"

형은 괴로워했지만, 한번은 조용히 말했다.

"너는 참으로 효자다. 그러나 사람이 책을 읽지 않으면 안된다."

임보는 화를 냈다.

"형님은 우리 모친을 굶겨 죽일 작정이오? 나를 형님 본받도록 하게."

"너는 독서하는 게 부모 봉양을 방해한다고 생각하느냐? 나는 둔하고 약해서 할 수 없지만, 너의 재능이면 독서와 부모봉양이 어찌 불가능하겠느냐. 그리고 나는 본받을 만한 사람이 못된다. 내 스승이신 미호 선생은 훌륭하신 분이시니 찾아뵙고 가르침을 청해보도록 해라."

"미호 선생은 내 관심 없소."

하고 머리를 저으며 말하니, 임간도 어찌 할 도리가 없었다.

며칠이 지난 뒤 임보가 형에게 말했다.

"가만히 생각해보니 형님 말씀에 일리가 있습디다. 그러나 저는 비천한 사람이어서 미호 선생을 뵈올 수는 없고, 형님께서 깨닫기 쉬운 책 하나를 선정해서 저를 위해 설명해 주시면 제가 들어보겠습니다. 들어보고 좋지 않으면 그건 형님이 저를 속인 겁니다."

임간은 선생께 빌린 『소학』 한 권을 가지고 우리말로 몇 단락을 설명해 줬더니 임보는 귀기울여 들었다. 다시 문자를 짚어가며 풀이해 주고 4,5일 동안 읽게 해서 한 장 두 장 넘어 십여 장에 이르렀는데, 임보는 뛸 듯이 기뻐했다.

"글이 정말 너무 좋군요. 형님이 아니었다면 자칫 인생을 잘 못 살 뻔했습니다. 형님은 분명 저를 속이지 않았습니다."

그는 매일 아침과 낮이면 밖에 나가 예전처럼 부지런히 일하고, 저녁이면 돌아와 송진기름을 태워 불을 밝히고 책을 펴서 소리내어 읽기를 한밤이 지나서야 마치곤 했다. 그러다 그을음과 연기에 책이 더럽혀지고 종이도 변질되어 닳아버리자 임간은 걱정이 되었다.

"선생께서는 책을 아주 보배처럼 여기시는데, 이렇게 떨어지고 더러워졌으니 선생께서 크게 꾸짖으실거야."

그는 그 책을 가지고 선생께 달려가 뵙고 사연을 아뢰고 용서를 청했다. 그러나 선생은,

"상관없다. 이 아이는 가르칠 만하니 다음엔 함께 오너라." 하고 말씀하셨다. 임보가 선생을 찾아뵈었더니 높아 경외롭고 온후하신 분이었다. 선생도 크게 기뻐하고, 책을 끝까지 직접 가르쳐 주었더니, 임보도 역시 감격하여 스스로 힘써 노력했다. 독서공부가 날이 쌓일수록 부모봉양도 나날이 열심히 했으며, 말과 태도와 행사도 항상 신중하게 처리했다. 마을 사람 중에 옳지 못한 사람이 있으면 『소학』을 인용해서 바로잡아 주니, 믿고 따르며 행실을 고치는 사람이 많아졌다. 한번은 읍성 안으로 땔나무를 팔러 갔는데, 동반 하나가 버려진 칼을 주웠다. 그러자 임보는 당장 버리고 줍지 말라고 꾸짖었다.

임보는 70여 세를 살다가 집에서 죽었다. 『소학』을 읽은 것이 대략 40년이 되었다. 비록 여행을 가거나 농사를 지을 때에도 하루도 읽지 않은 적이 없었고, 또 다른 책은 가까이 하지도 않았으니, 마을에서는 그를 불러 '임소학'이라고 했다.

나는 이렇게 논평한다.

공자께서 근본된 자질이 배워 얻는 것보다 나으면 세련되지 못하고, 배워 얻는 것이 근본 자질보다 나으면 겉만 번드레하다고 하셨으니, 번드레한 것이나 세련되지 못한 것은 모두 옳지 못하다는 말씀이다. 그리고 예악을 설명하시면서 촌사람을 따르고 싶다고 하셨던 것은 세상이 배워 얻은 것으로 근본 자질을 덮어 가리려는 것이 싫었기 때문이리라. 임보와 같은 사람은 비록 배운 것과 자질이 조화로운 데에는 아직 모자라지만, 그래도 공자께서 말씀하셨던 따를 만한 촌사람 정도는 되지 않겠는가. 사물에 해박하며 들은 것도 많고, 문장이 뛰어나고 행동도 단정하게 하며 스스로 군자로 자부하지만, 집에 들어가면 부자 형제간에 예절도 모르는 사람처럼 사는 그런 사람들은 도대체 어떤 사람들일까.

영조 왕 시대에 임소학의 명성이 온 나라에 알려져, 서울의 사대부로부터 전국의 유생들에 이르기까지 많은 사람이 그의 집을 찾아가 예를 표하였다. 그의 집을 모르는 사람이 있으면 수십 리 밖에서도 초동이나 김매는 아낙들이 손으로 가리켜주지 않는 이가 없었다. 그래서 임보는 비록 후미진 시골거리에 물러나 살아도 문밖에 수레와 말의 자국은 번화한 저자거리와 같았다. 임보와 같은 사람은 참으로 만나기도 어렵지만, 또한 사대부들이 덕을 숭상하는 풍습 또한 얼마나 돈독한가. 지금은 이런 것을 다시 볼 수 없다.

읽은 책도 많고 학식도 풍부하며, 생각이 치밀하고 말도 조리 있고, 자기관리도 철저해서 주변 사람들로부터 칭찬의 대상이 되는 사람이 있다. 그러나 더러 이런 사람 가운데 자기 가족이나 가까운 사람들을 아주 소홀하게 대하거나, 선행이나 현실참여에는 몹시 인색한 사람을 종종 볼 수 있다. 흔히 학자나 지식인의 병폐 가운데 하나로 지적되는 문제다. 김매순도 다른 글에서 이 점을 지적한 바 있다.

가족에게 각박하게 하고 가깝게 지내지 않으면서 "그것은 사적인 것이다."고 하면, 세상 전체와 소통하는 방법이 아니다. 이는 인을 좋아하는 자들이 겪는 잘못으로, 부처와 묵자가 여기에 가깝다. 또 잠깐 지나는 시간을 가볍게 여겨 소중히 하지 않으면서 "이것은 잠깐이다."고 하면, 백 세대를 관통하는 방법이 아니다. 이는 의를 좋아하는 자들이 겪는 잘못으로, 장자와 양주가 여기에 가깝다.

가족에게 각박하게 하고 가깝게 지내지 않으면 효제(孝悌)가 천한 행실이 되어버리고, 잠깐 지나는 시간을 가볍게 여겨 소중히 하지 않으면 현능한 자질도 비천한 덕이 되고 만다. 효제를 천하게 여기는 자는 인륜을 해치게 되고, 현능한 자를 비천하게 만드는 자는 세속에 휩쓸리게 된다. 대개 인을 좋아하면서 인륜을 해치는 지경에 들어가거나, 의를 좋아하면서 세속에 휩쓸리고 마는 것이 어찌 본심이겠는가. 그래서 군자에게 지혜보다 큰 것은 없다. (『궐여산필』 제3)

군자에게 요구되는 지혜란 바로 큰 일은 작은 일에서부터 시작된다는 사실을 깨닫는 것이다. 특히 사랑과 정의에 관련된 문제에서 사소하거나 간단한 것이라고 대수롭지 않게 여기는 것은 오히려 사랑과 정의의 근본을 부정하는 결과를 만들기 때문에, 군자는 가깝고 사소하고 순간적인 것에도 충실해야 한다는 것이다.

한편 사랑이나 정의는 그것이 무엇인지 배워서 알 수는 있지만, 그것을 실천하기 위해서는 인정(人情)이나 용기와 같은 자질이 필요하다. 작고 사소한 것에 소홀한 것도 배워 아는 것에 비해 자질이 부족하기 때문이라고 볼 수 있다. 군자는 '문(文)'과 '질(質)'을 조화롭게 갖추어야 한다는 말의 의미가 그런 것이다. 이 둘을 고루 겸비한 사람이 군자요, 참 지식인이라고 할 수 있지만, 이 둘을 겸비할 수 없다면 차라리 자질을 갖춘 사람이 더 낫다는 것이 이 글의 주제의식이다.

흔히 '소학(小學)'이라고 하면 '대학(大學)'과 비교해서 아동 교육을 지칭하기도 하지만, 한편 '대학'의 형이상적 이념성에 대비한 실천적 유학을 의미하는 것이기도 했다. 조선 전기에 김굉필이 학문의 실천성을 중시하여 '소학동자(小學童子)'로 불렸던 것이 그런 예다. 이 이야기의 주인공 임보도 40년 동안 매일같이 『소학』만 읽었다고 하니, 과연 '소학'이란 별칭을 붙여줄 만하다. 그에게 다른 책을 읽혔더라면 과연 그렇게 읽었을까? 알 수 없을 일이지만, 어떤 책도 그를 감동시키지 못했을 것이다. 그가 『소학』을 그토록 좋아했던 것은 인간관계에 대한 올바른 처신을 가르치는 내용 때문이기도 하겠지만, 인간에 대한 애정이 남달랐던 그의 근본 자질과 맞았기 때문이다.

세상에는 각 분야마다 매우 뛰어난 자질을 가진 달인이 있다. 최근 방송에서 특정 기능분야에서 비범한 능력을 보여주는 사람들을 '달인'으로 소개하는 것을 볼 수 있다. 임보도 『소학』에 있어서는 가히 '달인'이라고 할 만하다. 그의 모든 일거수일투족이 『소학』의 가르침에 근거하고 있으니, 이 또한 비범한 일이 아닐 수 없다. 그러나 그의 달인적 능력은 기능의 달인들과는 류가 다르다. 『소학』의 가르침을 충실하게 따르는 일은 똑같은 동작을 반복하는 과정에서 얻는 숙련과 같은 것이 아니다. 삶에 대한 지속적인 성찰과 배운 것을 행동으로 옮기는 용기와 자질이 있어야 가능한 것이다. 요즘 사람들은 기능적 달인을 보면 경탄하지만, 효도의 달인, 사랑의 달인, 우정의 달인, 봉사의 달인, 사색의 달인과 같은 사람을 보고도 경탄할까? 아예 관심마저 없어 보인다. 김매순의 말처럼 덕을 숭상하는 풍습마저 볼 수 없는 시대가 아쉬울 따름이다.

망국에 처한 한 지식인의 초상

顧亭林先生傳 /『闕餘散筆』(抄)

고염무(顧炎武, 호 亭林)는 명나라 희종(熹宗 : 天啓)과 의종(毅宗 : 崇禎) 시대에 나라를 지킬 방도가 무너지고 변방을 안정시킬 계책마저 어지러운 상황을 목도했으니, 말을 할 땐 걸핏하면 탄식 소리였다. 영명하고 공손하며 검소한 숭정황제가 몸소 사직을 위해 죽은 일을 이야기할 때는 아쉬움에 칭송과 감탄을 하며 그의 인덕과 영명함과 훌륭한 덕행을 말하지 않은 적이 없고, 그를 위한 애도시와 찬궁(欑宮 : 빈소)에 올린 제문(祭文) 4편은 오열하며 거듭 탄식하고 있어, 먼 훗날에 읽을 사람도 솟구치는 눈물을 그치지 못하게 할 만하니, 과연 충심이라고 하겠다. 그러나 노중련(魯仲連)과 같은 마음을 품고도 진나라 황제를 알현하는 것과 같은 일을 겪었으며, 장자방(張子房)과 같은 뜻을 품고도 한나라의 중흥을 보지 못하게 된 것과 같으니, 얼마나 비통한 일인가.

어떤 사람들은 "고정림은 진실로 충성스런 사람이지만, 그의 학문은 박학은 하되 순정하지 못하다. 근세 중국의 금석학과 고증학이 밑도끝도 없이 천착하면서 심지어 정주학을 비난하기까지 하는데, 그 근원을 살펴보면 고정림이 단초를 열었다는 것을 부정할 수는 없을 것이다."고 한다. 그러나 나는 그렇지 않다고 생각한다.

고정림은 한 마리 나귀를 타고 세상을 두루 돌아다니며 심산유곡까지 모두 가보았던 것은 그의 생각을 다른 사람과 이야기 나눌 수 없었기 때문이다. 단지 금석학과 고증학은 대개 자신의 처지를 의탁할 도피처로 삼은 것이었다. 그가 화하(華下)에 있을 때 유랑생활에 지치고 죽 한 그릇도 먹기 쉽지 않았지만, 주머니 노잣돈 40금을 털어서 주자의 사당을 세우는데 도운 적이 있다. 주자를 사모하는 마음이 돈독하지 않으면 이렇게 할 수 없으니, 그의 학문이 순정하다는 것을 알 수 있다. 어떻게 모기령(毛奇齡)이나 대진(戴震)처럼 문맥의 뜻을 기이하게 파괴시키고 관과 면류관을 찢어 훼손시키는 부류들과 한데 묶어서 비난할 수 있겠는가. 오늘날 세상이 비록 야만의 세상이 되었지만, 그래도 사람의 본성이 모두 사라지진 않아, 유림들 사이에 높여 숭상하는 것에는 분명 이견이 없으리라고 본다.

일찍이 이광지(李光地)의 『용촌집(榕村集)』을 보니 「고령인소전(顧寧人小傳)」이 실려 있는데, 고염무가 평생을 지킨 뜻과 절개에 관해서는 제대로 언급하지 않았고, 음운학에 관한 것만 거론하며 박아하다고 하니, 서술하기 껄끄러운 게 있어서 다 말하지 못한 것인가? 또 외골수에 괴벽하고 고집스런 의기가 있어 비판하는 말이 상대를 해치기 때문에 오(吳)땅 사람들이 그를 헐뜯었다고 한다. 고정림은 당시 세상에서 으뜸가는 사람이었는데 어떻게 외골수에 괴벽할 수 있으며, 세상을 통틀어 그의 생각에 맞는 이가 없었는데 어떻게 비판이 없었겠는가. 이것 때문에 고정림을 헐뜯는다면 향인(鄕人)과 나란히 서지 않는다고 백이를 헐뜯는 꼴이니, 옳은 일이겠는가? 이광지는 귀인에다 문한이 높은 사람이어서 그의 이 글이 유행되면, 이로 인해 세상의 인륜 도덕이 함께 사라져버릴까 염려스럽다. 그래서 알려진 그의 행적을 모아 「고정림선생전」을 짓는다.

명나라가 망하면서 한족의 문명이 도탄에 빠졌고, 유민과 일사(逸士)로서 은둔하여 스스로 뜻을 도모하며 다시 맑아지기를 기다리는 자가 곳곳마다 있었다. 강희 18년 기미년(1679)에 세상의 박학한 큰 선비 60여 명을 불러 모아 바로 내각의 중서관에 임명하니, 이인독·주이존·반뢰 등과 같이 반평생 재야에 묻혀 과거를 준비하지 않았던 자도 모두 피할 수 없었으며, 어떤 이는 다그쳐 재촉해서 일어나 나오기도 했다. 대개 이 당시 오삼계(吳三桂)와 경정충(耿精忠)이 반란을 일으키니, 사방에서 구름처럼 소요가 일어났다. 연경에서는 이것을 은근히 심각하게 우려하며 적국과 같은 존재들이 유림 무리에 있다고 여겼기 때문에, 이처럼 벼슬자리에 부르는 것으로 구속하고 억제하는 도구로 삼았던 것이다. 진나라는 유자들을 묻어 죽이고, 청나라는 유자들을 벼슬로 불렀으니, 방법은 비록 달랐으나 전략은 같은 것이다. 군주가 나라를 다스리는 계책으로 말하자면 묻어 죽이는 것이 벼슬로 부르는 것만 못하고, 유자들이 자신을 결백하게 하는 도리로서 말하자면 벼슬로 부르는 것이 묻어 죽이는 것만 못하다. 이 모두 세상 천지간의 비운이다. 묻히지도 않고 불려가지도 않아 몸과 이름을 모두 온전히 보전한 자는 오직 고정림 한 사람뿐이었다.

 정림 고염무(1613~1682), 그는 명나라의 마지막 학자이자 지식인의 한 사람이었다. 자신의 나라가 망하고 청나라로 지배체제가 교체되는 비운의 시대를 산 그는 더 이상 현실정치에는 관심을 두지 않고 오로지 학문의 길을 걸었다. 한편 그는 실제 문헌자료들의 비교 분석을 통해 경전을 합리적으로 해석하는 새로운 고증학적 방법론을 시도함으로서 청대 학문의 새로운 길을 열기도 했다. 어쩌면 명말 청초라는 혼돈의 시기가 고염무 자신을 정치적으로나 사상적으로 자유롭게 만들었는지도 모른다. 그의 고증학적 방법론도 명대 학계를 풍미했던 형이상적 리학과 심학의 절대적 권위에 대한 반성과 개혁의 한 방법이었다고 볼 수 있는데, 명대의 권위가 붕괴되고 청왕조의 권력으로부터 거리를 둠으로서 자유롭게 독자적 학문세계를 만들 수 있었던 것이다.

이후 청대 고증학이 한창 꽃을 피우면서 적지 않은 모순을 드러내게 되자, 고증학은 다시 의리학을 추구하는 학자들의 비판을 심심찮게 받게 되었고, 따라서 고증학의 창시자로서 고염무도 원성과 비난을 피할 수 없었다. 특히 성리학을 절대적으로 숭상했던 조선 학계의 고염무 비판은 다분히 감정적 차원에까지 이르기도 했던 것이다. 그러나 김매순이 고염무를 바라보는 시선은 각도 자체가 다르다.

첫 번째 글은 「고정림선생전」을 짓고 거기에 붙인 김매순의 논찬이고, 두 번째 글은 『궐여산필』에 남긴 고염무에 대한 촌평이다. 여기서 우리는 고염무의 학문보다 인간 자체에 더 주목하는 김매순의 시선을 볼 수 있다. 학문만으로 고염무를 재단하는 게 아니라, 인간 고염무의 행적을 통해 그의 뜻을 살피고 그의 학문을 이해하려 한다. 이광지의 「고령인소전」에 불만을 갖고 스스로 「고정림선생전」을 지은 것도 그런 이유였다. 김매순이 고염무에게서 주목한 것은 망국의 혼란 속에서도 평생을 지킨 뜻과 절개였다. 중국을 차지한 청조의 회유책에 대부분의 학자 지식인들은 권력에 복종하고 말았지만, 그런 상황에서도 쉽게 타협하지 않고 자신의 절개를 지켜낸 것이 고염무의 가치라고 본 것이다. 그의 학문은 오히려 자신의 뜻과 절개를 지키기 위한 방편이었지만, 그의 고증학이 억설로 주자학의 경전해석을 부정하는 무리들과는 다른 것인데도, 그의 높은 학문세계를 제대로 이해하지 못하기 때문에 오히려 그의 학문을 비난하고 있다고 한다. 그는 고염무에게서 망국의 혼돈에 처한 지식인으로서의 표상을 발견했던 것이다.

철저한 주자학자였던 김매순이 다른 도학자들의 고염무 비판과는 다른 시각에서 재평가할 수 있었던 것은 사실 그가 의리(義理)를 중시하는 주자학 본령의 학문정신을 잃지 않았기 때문이다. 고증학의 병폐에 대한 비판에 기치를 세운 학자들이 고염무에게 그 책임을 따지면서 그의 절개가 보여준 인륜적 가치까지 매몰시키려는 반지성적 태도에 반기를 든 것이다. 이런 면에서 김매순은 진정한 주자학자였던 셈이다.

큰 틀과 작은 틀

|

『闕餘散筆』(抄)

사대부가 마음으로 결심하고 행동으로 옮기는 데에는 모름지기 규모가 있어야 하는데, 이 규모에는 크고 작은 틀이 있다고 할 수 있다. 타고난 본성을 모두 발양시켜 성인이 되기를 기대하는 것은 '큰 틀'[大間架]이오, 자신이 속한 시대에 따라 처신하면서 나타나기도 하고 숨기도 하며, 자신이 이룬 학식에 근거하여 응용하는 것이 관대하기도 하고 엄격하기도 하는 것은 '작은 틀'[小間架]이다. '작은 틀'은 물론 '큰 틀' 속에 포함된다. 종신토록 표준으로 삼기에 이보다 더 넓은 것은 없기 때문에 '크다'고 하고, 때에 따라 변통하여 각기 경계를 두기 때문에 '작다'고 한다. 이 둘은 결코 한 쪽으로 기울거나 무시해서는 안된다. 반드시 그 작은 것을 치밀하게 완성하고 그 큰 것을 끝까지 깨달아야, 높이 올라도 허공에 떨어지지 않고, 내려가도 비루한 데에 엉기지 않으며, 유자의 사업도 아무 아쉬움이 없을 것이다.

후대의 학자들을 가만히 살펴보면, 전혀 규모가 없다고 할 수 있다. '큰 틀'은 이미 아득히 깊은 곳에 묻어둔 채 전혀 염두에 두지도 않고, '작은 틀'에 있어서도 때에 따라 적절히 맞춰 처신하는 것이 최선이라는 것을 모른다. 기질에 가깝거나 편리한 대로 대략 어느 정도 선하다고 할 수 있는 것이면 몰래 개적으로 점유하여 더없는 보배로 받들며, 수많은 이치와 온갖 행실들 중 온전치 못한 것을 일임하니, 끝내 성취한 것이라곤 묵적이 아니면 양주와 같은 이단뿐이다. 요순과 공맹의 법도와 비교하면 연나라와 월나라의 거리만큼 동떨어진 정도에 그치지 않는다. 이것은 참된 유자가 나타나지 않고, 성인의 학문이 밝아지지 않는 것, 진실로 이 때문이다. 탄식할 일이 아니겠는가.

 김매순의 인식과 사유의 기본 구조는 체용론(體用論)에 있다. 세계와 사물의 구조원리를 본질(體)과 갈래(用)로 이해하는 것인데, 모든 일에는 근본이 되는 정신이 있고, 그 근본정신을 바탕으로 때와 장소에 맞게 적절히 운용해야 한다는 것이다. 이 글에서도 사대부 지식인(士君子)으로서 뜻과 행동은 어떠해야 하는가를 체용론의 논리로 설명하고 있다.

'큰 틀'과 '작은 틀'이라는 용어를 사용하는데, 건물로 치면 기본 구조를 이루는 기둥·들보(棟樑)와 기타 각종 구조들의 관계와 같고, 그물로 치면 벼리(綱)와 그물코(目)의 관계와 같으니, '큰 틀'은 체에 해당되고, '작은 틀'은 용에 해당된다고 할 수 있다. 이처럼 사대부 지식인은 우선 삶의 높은 목표를 세워야 하는데, 가령 본성을 잘 길러 성인이 되기를 기대하는 이상이 있어야 한다. 그리고 이런 큰 틀 아래에 자신의 처지나 시대적 상황에 따라 적절하게 처신하고 행동할 수 있는 작은 틀이 갖추어져야 한다. '큰 틀'이 없으면 방향 잃은 배와 같이 어디로 가야할지 모르고, '작은 틀'을 잘 짜지 않으면 큰 이상도 한낱 망상에 불과하고 말 것이다. 그러므로 이 둘은 어느 한 쪽으로 치우침 없이 균형을 갖추어야 한다고 하는데, 그것은 지적 사유와 실천적 행동의 균형적 결합을 의미하는 것이다.

이것은 「응객(應客)」(세상에 처신하는 두 가지 논리)에서 사대부의 처세논리로서 '도리'와 '형세'의 통합을 이상적인 것으로 말했던 것과 같은 맥락에 있다고 하겠으니, 김매순이 바라는 참된 지식인[眞儒]의 길은 인식과 행동의 실천적 통일, 이상과 현실의 유기적 통합을 지향하는 삶에 있었던 것이다. 이런 생각과 관련된 다음의 글도 참고로 읽어볼 만하다.

세상과 도가 서로를 상실한 것이 오래되었다. 그러니 아름다운 검소한 미덕을 갖추고 묵묵히 스스로 지키며, 오늘날의 시론(時論)은 닫아버리고 군자가 마음을 보존하듯이 지내면 뭐 구차할게 있겠는가. 자신의 의지를 보전하고 생각을 관철시키는 데에 본말을 모자람 없이 갖추어야 하고, 등용되면 도를 행하고 물러나면 은거하는 일에 중정의 원칙이 치우

쳐져서는 안된다. (『궐여산필』 제4)

　"군자가 어떻게 해야 도를 지녔다고 말할 수 있습니까?"

　"말과 행동이 이치에 합당하면 도를 지녔다고 말할 수 있습니다."

　"그러면 말과 행동이 어떻게 해야 이치에 합당하다고 말할 수 있습니까?"

　"마음에서 우러나와 거짓됨이 없고, 일을 처리할 때 어긋나지 않으며, 후대에 전해도 폐단이 없으면, 이치에 합당하다고 말할 수 있습니다." (『궐여산필』 제4)

제3부
세상 사물의 진면목

대나무의 덕성에 대하여

|

此君軒記

대나무는 식물 가운데 하나다. 감정도 없고 움직이지도 못하며, 땅으로부터 목숨을 받아 가지를 뻗고 잎도 자라게 하니, 뭇 초목들과 다를 게 없다. 그러나 『시경』에서 노래로 불려지고, 『예기』에도 기록되어 있으며, 어질고 어리석고 귀하고 천한 사람 없이 모두들 애호하기가 수천 년 동안 한 때도 사그라지지 않았으니, 어쩌면 눈과 서리를 이겨내고 사철을 관통하여 꼿꼿이 꺾이지 않는 자태가 군자의 덕과 비슷하기 때문이 아니겠는가. 『시경』에 "높은 산을 우러러 보며, 큰 길을 나서네."[1]라는 구절이 있는데, 비록 지극한 마음으로 우러러 보며 나아가지는 못하더라도, 이는 모든 사람들이 본래 갖고 있는 천성 때문이다.

옛날 채옹(蔡邕)이 죽자 공융(孔融)은 그를 닮은 호분군사(虎賁軍士) 한 사람을 데려다 같이 앉아 술을 마시며, "비록 노성한 사

---

1 『시경(詩經)』「소아(小雅)·상호지십(桑扈之什)·거할(車舝)」.

람은 없어도 그래도 틀은 남아 있도다."고 했다. 채옹은 일개 문인이었고 호분군사는 단지 모양만 닮았을 뿐인데도 그렇게 했는데, 하물며 일개 문인과 비교할 수 없는 군자이거나, 또한 모양보다 더 나은 덕성에 대해서는 어떻겠는가. 그러니 대나무가 사람들에게 사랑을 받는 것은 참으로 마땅하다.

그러나 세상의 모든 사물은 그 참 모습보다 귀한 것은 없다. 그 참 모습을 사랑한 뒤 여유가 있을 때 그것과 비슷한 것에 애정이 미치니, 그것은 본말의 순서가 그런 법이다. 하·은·주 삼대 이후 군자들이 융숭하게 대접받아 드러나는 기회가 시대를 내려올수록 드물어졌지만, 대나무에 대한 사랑은 일찍이 하루도 퇴색되지 않아, 수레나 배로 수송해서 원림의 장식으로 옮겨 심어 감상하는 경우가 끊이질 않으니, 유독 어째서 그런 것일까? 그렇지만 가까이 보고서도 놓쳐버리고, 얼굴을 가린 채 본뜨는 꼴이라, 오직 말류를 따를 뿐 근본을 추구하는 것은 없어 슬픈 일이다.

『장자』에 이르길, "대장장이가 쇠를 녹이는데, 쇠가 기뻐 뛰면서 '나는 장차 반드시 막야(莫邪)같은 보검이 될테야.'[2] 한다면, 대장장이는 분명 상서롭지 못한 쇠라고 여긴다."고 했다. 그렇다면 대나무가 사람들로부터 사랑을 온전히 받고 있는 까닭은 역시 아무 감정도 없고 움직이지도 못하기 때문이다. 그로 하여금

---

2 『장자(莊子)』「대종사(大宗師)」.

조금이라도 감각이 있게 해서, 아리따운 꽃들과 찰랑이는 풀들 사이에서 우뚝하게 스스로 달라 보이려고 한다면, 꺾이거나 잘리지 않는 경우가 드물 것이다. 게다가 세상만사를 두루 알게 되고, 수많은 변화를 몸소 경험하게 되면, 아리땁고 못난 것끼리와 좋고 나쁜 것끼리 서로 한 쪽을 원망하게 될 것이니, 겪게 될 근심들을 어떻게 이루다 말할 수 있겠는가. 올곧되 빛을 내지 않고, 꼿꼿하되 잘난 체하지 않아, 군자다운 지조를 지니되 군자들이 겪는 액운을 당하지 않는 것은 자신을 비우고 차분한 마음으로 지키는 자가 아니면 이룰 수 없는데, 대나무의 덕성이 거의 여기에 가깝다. 이런 생각은 노자가 가장 먼저 말했고, 진(晉)나라 때 명사들도 말했던 것이다. 비록 우리 유학의 정도(正道)는 아니지만, 군자가 말세에 처신할 때 더러 인용하곤 한다.

대나무는 생긴 모습부터 남다른 식물이다. 나무이면서 속은 비어있고, 중간중간 절단된 듯한 마디가 형성되어 있으며, 나무와 줄기와 잎이 모두 같은 색으로 이루어진 것이 어떤 나무하고도 다르다. 이런 독특한 모습이 일찍부터 사람들의 눈에 띠어 특별히 주목받는 나무가 되었다. 사실 하늘을 향해 곧게 쭉 뻗은 자태는 바라만 봐도 마음에 시원함을 느끼게 한다.

대나무의 이런 모습을 보며 예로부터 사람들은 다양한 생각들을 했을 것인데, 그 중 가장 사람들의 동감을 얻었던 것은 추운 겨울을 이겨내고 사시사철 변함없는 꼿꼿한 자태가 군자의 모습과 같다는 평이었다고 하겠다. 대나무에 대한 이런 멋진 표현에 누구도 이견을 달지 못했고, 이후 수많은 사대부들은 오히려 군자다운 덕성의 수양을 위해 관조할 목적으로 자신의 집에 대나무를 옮겨 심는 것이 유행하기도 했다.

사실 대나무야 다른 나무들이나 아니면 자연계에 특별한 덕을 베푸는 일이 있을 수 없으니, 나무 중의 군자라고 할 명목은 없다. 단지 사람들이 대나무의 특정한 모습에서 그런 주관적 발견을 했던 것이고, 그 주관적 생각이 보편적 공감을 얻으면서 군자라는 명칭이 부여된 것이다. 그러나 대자연의 이치는 모든 사물에 똑같이 들어있다는 발상에서 본다면, 우리 인간이 지니고 있는 이치와 동일한 이치를 사물에서도 발견할 수 있다고 하겠다. 가령 대나무의 경우, 사시사철 변함없이 꼿꼿한 그 속성이 바로 군자의 덕성과 같은 이치에 의해 이루어진 것으로 볼 수 있다. 이것이 곧 김매순의 발상이고, 이처럼 자연의 이치를 지니고 있는 그 속성을 바로 사물의 '참 모습'(진면목)으로 파악하고 있다. 자연과 사물을 바라보는 김매순의 시각이 대체로 이러하다.

그래서 김매순은 대나무의 속성과 군자의 속성에서 발견되는 공통점을 "자신을 비우고 차분한 마음으로 지키는 것"(致虛守靜)이라고 한다. 우리가 진정 가치를 두어야 할 것은 바로 이런 덕성이다. 대나무를 좋아하는 것도 이런 덕성을 아끼고 소중히 여기는 근본정신에 있기 때문이며, 대나무를 보면서 스스로 "올곧되 빛을 내지 않고, 꼿꼿하되 잘난 체하지 않아, 군자다운 지조를 지니되 군자들이 겪는 액운을 당하지 않"을 것을 각성하기도 하는 것이다.

그러나 주거지의 장식용으로 대나무를 기르는 것은 그저 유행을 따르는 말류에 불과하다고 한다. 정원을 가꾸고 식물 기르기를 좋아하는 사람은 많지만, 식물들의 속성에서 발견되는 덕성을 자신 안에서 잘 가꾸어가는 사람을 보기는 어렵다. 그저 튼실하게 키워서 예쁜 꽃과 풍성한 열매를 기대하는 욕심 때문이 아닐까? 이것도 슬픈 일이다.

까치와 부엉이

|

鵲鴟說

안골 남쪽에 큰 나무가 있는데, 그 꼭대기에 까치둥지가 있다. 애초 까치가 둥지를 틀지 않았을 때엔 아침저녁으로 이 나무를 지나다니던 뭇 새들이 주변을 맴돌며 머뭇거리곤 했다. 그러나 이처럼 차마 떠나지 못했던 새들은 기술이 모자라 까치에게 둥지 잇는 것을 양보하고 말았다. 둥지가 완성되자 큰 부엉이가 자기 무리 백 여 마리를 데리고 와서 그 나무 둘레에 내려앉더니, 몇 마리를 시켜 둥지를 위협해서 겁을 주게 했다. 까치는 도저히 대항할 수 없다고 판단하고 둥지를 버리고 떠나가니, 그 나무는 부엉이 차지가 되었다.

칠 일 밤이 지났을 때, 하늘에서 큰 비와 눈이 내리며 바람이 불자 나무에 엉겨 얼음열매가 맺혔다. 부엉이들은 미처 알지 못하고 자고 있었는데, 나무에 붙어 휩쓸린 것이 태반이오, 나머지도 아래로 건너 떨어져 어린 아이들이 맨손으로 잡을 수 있었다. 그 중 요행이 달아난 것들은 얼음열매가 그렇게 만든 것인지 모르고, 나무가 불길하게 자기 무리들을 모두 죽일 것으로 생각하고 다른 날 지나갈 때도 그 나무로부터 한 길 정도 벗어난 곳까지 내려앉지도 않았다. 다른 새들도 역시 서로 경계하며 감히 전날처럼 맴돌거나 머뭇거리는 일도 없었다. 그러나 까치는 그 사실을 봐서 자기에게 해가 되지 않을 것을 알았기 때문에 처음처럼 그 둥지로 돌아갔다.

군자는 말한다.

세간에서는 까치를 일러 영묘한 새라고 한다. 영묘하다는 것은 지혜롭다는 것이며, 선하다는 말이다. 자리를 택해 머문 곳이 다른 무리들은 나서지도 못한 곳이었으니 영묘한 것 같고, 감히 대적할 수 없다는 것을 알고 떠났으니 영묘한 것 같으며, 위험이 멀리 사라지자 의심 없이 그 자리에서 편안히 지내니 영묘한 것 같다.

남을 해치는 일은 덕을 해치는 것이오, 난폭한 짓은 덕을 무너뜨리는 일이며, 어리석은 짓은 덕을 가려 덮는 일이다. 부엉이는 이 모두를 지니고 있었으니, 그런 결과를 얻는 것은 당연하다. 유학자들은 "하늘에는 변함없는 도리가 있기에 선행과 악행에 따라 재앙과 복이 나타난다."고 말하는데, 이것을 보니 그 말을 믿을 만하다.

그러나 사람에게 나타나는 현상으로 살펴보면, 또 반드시 다 그런 건 아닌 것으로 보이는데, 어쩌면 사소한 것을 살피느라 큰 것을 놓쳐버렸기 때문인가? 사람은 이루다 알 수 없지만, 사물은 단순해서 쉽게 알 수 있기 때문인가? 사람은 이성으로 깨달을 수 있다고 해서 잠시 사물에 가탁해 자신의 위엄과 능력을 드러내려 했던 것인가? 아니면 언제나 어긋나는 일이 없지만 더디거나 빠른 것이 기수(氣數)에 달려있는데, 그 중 빨랐던 것인가?

 이 글은 작자 자신이 직접 본 사실을 기록한 것이지만, 한편 우화의 성격을 띠고 있는 작품이다.

우선 서술된 사실은 우리가 쉽게 목격할 수 있는 광경은 아니다. 다른 새들은 차마 엄두를 내지 못하는 높은 나무 꼭대기에 까치가 둥지를 틀었지만, 완악한 부엉이 무리들이 위협해서 둥지를 빼앗았고, 공교롭게도 눈비가 내려 엉겨 붙으면서 둥지가 떨어져 부엉이들에게 큰 재난이 일어났으며, 그 이후 모두들 두려워 감히 앉지도 못하는 그 곳에 다시 까치가 둥지를 틀고 편안히 살았다는 이야기다. 마치 '동물의 왕국' 다큐멘터리에서나 볼 수 있는 장면 같기도 하다. 이런 장면을 볼 때마다 종종 느끼는 것은 동물의 세계나 인간의 세계나 살아가는 이치는 크게 다르지 않다는 사실이다. 김매순이 말하고자 하는 것도 거의 이것이다.

그가 까치와 부엉이의 이 일을 보며 느낀 것은 크게 두 가지다. 까치의 행동과 처신이 지혜롭다는 것과 까치에게 해악을 저지른 부엉이에게는 적악여앙(積惡餘殃)의 결과가 내리는 것이 하늘의 이치라는 사실이다. 시벽 당쟁의 무고한 희생물이 되어 내쫓겨난 김매순의 처지에서 완악한 무리들을 피해 둥지를 포기하고 떠난 까치의 선택이 신통하게 여겨질 뿐만 아니고, 천벌이 무서워 아무도 근접하지도 못하는 자리로 다시 돌아와 편안히 둥지를 튼 까치를 보면서 그 지혜를 자신도 배워야겠다는 다짐을 했음직하다.

한편 부엉이처럼 해악을 저지르는 무리들에게는 자신의 악행에 대한 벌로 화가 닥치는 것이 이치요 바람이다. 그러나 당시 자신을 내쫓은 권력자들은 어떠했던가? 여전히 권력의 중심에서 호의호식하며 갖은 권세를 누리며 살고 있었으니, 하늘도 무심할 노릇 아니었을까? 어디 김매순의 시대에만 그랬던가. 권력을 위해 온갖 불법과 파렴치한 짓까지 서슴지 않았던 자들이 권력의 비호를 받으며 버젓이 잘먹고 잘사는 것은 오늘날도 마찬가지다. 그렇다면 적덕여경(積德餘慶)이오, 적악여앙(積惡餘殃)이라는 옛 말씀이 세상 이치를 잘못 깨달은 말일까? 아니면 이 시대의 운수상 이런 자들에게 천벌이 내릴 때가 아직 멀었기 때문일까? 역사란 본래 이렇게 순탄하지만은 않은 것이니, 김매순이 던지고 있는 이 의문은 지금도 유효하다.

명산 관람법

|

海岳錄序

천지의 조화는 정적인 것이 동적인 것의 주인이 되는데, 사람도 역시 이것을 본받았다. 그래서 오직 마음이 정적인 사람이어야 온갖 사무를 처리할 수 있지 마음이 동적이면 그러지 못한다. 한 사례에 즉해서 밝혀보고자 한다.

금강산은 나라 안의 명산으로 불린다. 우리나라에 문자가 쓰이게 된 이후로 이 산을 유람하는 자들이 대부분 시문으로 기록을 남겨 거의 한우충동할 정도로 많지만, 내가 우리 집안의 농암(農巖) 삼연(三淵) 두 선조의 문집 이외에는 끝까지 보고 싶은 글이 없는 것은 어째서일까? 그것은 그 글들이 동적이긴 하지만 정적이지 못하기 때문이다.

대개 산을 관찰하는 것은 사람을 관찰하는 것과 같다. 금강산이 비록 경치가 빼어난 곳이라 해도, 사람에 비교하면 성인에 견줄 수 있을 뿐이다. 성인의 덕은 너무 커서 이름짓기 어렵다. 그래서 공자 문하의 여러 제자들도 자기 스승을 칭송하여 "온화하고 어질고 공손하며 검소하고 겸양하셨다"고 하고, "공손하시되 편안하고, 온화하시되 엄격하시고, 위엄스럽되 사납지 않으셨다"고 했지만, 그 말을 은미해보면 모두 표현이 질박하고 요약 간결해서 마치 그 모습을 빠뜨림 없이 볼 수 있을 듯하다. 안연은 명석하기가 세상에 드문 사람이다. 그는 공자를 추종하는데 노력하다가 결국 높고 멀기가 헤아릴 수 없이 아득한 경지를 한탄했지만, 단지 "우러러 볼수록 더 높고 뚫어보려 해도 너무 견고하며, 쳐다보면 앞에 보이더니 갑자기 뒤로 사라져 보이지 않는다."고 말했다. 이 표현 또한 어떻게 이토록 안정되고 근엄할 수 있는가.

누가 공자가 성인이라는 말을 듣고서 식량을 싸들고 말을 몰아 달려가서 계단을 뛰어내리고 좌석을 넘어서 허겁지겁 살펴본 사람이 있었다고 하자. 보고서는 풀쩍 뛰고 엎어지며 감당할 수 없을 만큼 쾌재를 부르더니, 물러나와 사람들에게 자랑스레 말하기를, "키가 구척에 허리 크기가 열 두름이고, 높고 크기가 천신과 같더라."고 하면, 그의 어리석은 말을 비웃지 않을 자가 없을 것이다. 그래서 나는 우리나라 사람들이 금강산을 이야기하는 것이 모두 공자의 허리가 열 두름이나 된다고 말하는 것과 흡사하다고 본다. 몹시 갈망하며 기대하다가 직접 보고서는 너무 기쁨에 넘쳐 마음이 이미 들떠있으니, 보더라도 그 심오한 경치를 어떻게 볼 수 있겠으며 이야기하더라도 어떻게 정밀하게 표현할 수 있겠는가.

내가 중국 태산(泰山) 화산(華山) 형산(衡山) 려산(廬山) 천태산(天台山) 사명산(四明山) 등지의 13성(省) 명산기를 읽어 보니, 산봉우리의 빼어남이나 골짜기의 깊고 넓음이나 못과 폭포의 장려함을 따져보면 금강산보다 열 배는 되어도, 기문이 삼한(三漢) 육조(六朝)시대로부터 원나라 명나라에 이르기까지 비록 글을 짓는 솜씨는 달라도 모두 침착하게 있는 그대로 살피지 결코 과장된 말은 없었다. 이로써 풍기(風氣)의 제한에 따라 마음과 정신이 아주 달라지는 법이라, 중화와 변방의 차이가 하늘 끝만큼 큰데 이 차이를 초월하여 얽매이지 않을 사람이 적다는 것을 알았다. 이처럼 산을 관찰하는 것도 그러한데, 하물며 세상의 만사를 살피는 것은 산을 관찰하는 것보다 더 어렵지 않겠는가.

인자요산(仁者樂山)이라 했던가. 모름지기 인자한 사람은 산을 좋아한다는 공자의 말은 꿋꿋이 흔들림 없는 산의 정적인 자태가 의리를 지키는 중후한 군자의 모습과 유사하다는 뜻에서 한 말이라고 한다. 그러나 산을 좋아한다고 해서 반드시 인자한 사람이 아니라는 것은 이제 더 이상 따질 일도 아니다. 더 말할 것도 없이 산에 가보면 인자요산이란 말이 참 무색할 지경인 사람들을 쉽게 볼 수 있기 때문이다. 공자의 말씀도 그냥 비유해서 표현했던 것일 뿐이지, 사실 산과 사람의 덕성 사이에 무슨 관계가 있겠는가.

그래도 사람들은 산을 오르면 세속의 삶을 반성하기도 하고, 묵묵히 산길을 걸으며 자신을 돌아보기도 한다. 또 가슴이 답답하고 울적할 때면 높은 산에 올라 하늘과 땅 사이에 존재하는 미미한 자신을 발견하고 겸허한 마음으로 내려오기도 한다. 그렇다면 우리의 덕성의 형성에 산은 결코 무관한 존재만은 아닌 것이 분명하다. 그러나 문제는 산을 오르고 산을 보는 우리의 자세다.

산을 오르는 사람들 가운데 자신의 건강을 위해서 오르거나, 아니면 정복의 환희를 만끽하기 위해 오르는 이들이 있다. 이들은 정해진 길을 따라 호흡을 조절해 가며 앞만 보고 오른다. 산에 왜 올라왔느냐고 물으면, 그냥 산이 있어서 올랐노라고 한다. 산은 그저 대자연에 대한 도전의 대상일 뿐이어서, 어떤 코스로 몇 일만에 종주했느냐를 자랑스러워한다.

그러나 어떤 이들은 산을 오르다말고 중간 바위에 하염없이 앉아 어딘가를 바라보며 생각에 잠기기도 하고, 계곡에 자리잡고 새소리 물소리 바람소리에 즐거워하다가 해저물면 내려오기도 한다. 심지어 산자락에서 멀리 산의 모습만 바라보다 돌아서기도 한다. 이들은 산을 서둘러 오르려고 하지 않고, 정상까지 올라갈 마음도 없다. 오직 산을 느끼기 위해 산을 오른다.

전자를 동적이라고 한다면, 후자는 정적이라고 하겠는데, 산을 오르는 자세가 어떤 것이 옳다고 단정할 일은 아니지만, 만물 만사의 경험을 통해 자신을 수양하고 세상을 이해하려는 학자와 지식인으로서의 산행 자세는 후자에 가까워야 할 것이다. 산을 좋아한다고 인자한 사람은 아니지만, 산의 정적인 자태를 즐길 줄 아는 것이 인자한 사람이 되는 요건의 하나가 될 수 있기 때문이다.

이 글의 첫머리에서도 "천지의 조화는 정적인 것이 동적인 것의 주인"이 된다는 말을 하나의 화두로 제시하고, 사람을 관찰할 때 그 사람의 내면을 보아야 하듯이 산을 유람하는 것도 그 산의 겉모습이 아니라 진면목을 보아야 한다고 한다. 진면목이란 그 산이 지니고 있는 변함없는 자태, 곧 풍취(風趣)다. 흔히 말하는 명산들은 모두 나름의 풍취를 지니고 있다. 이런 산에 올랐을 때 가장 중요하게 살펴야 하는 것이 풍취이며, 이 풍취를 한껏 즐기는 것이 유산(游山)의 멋이오, 이 풍취를 제대로 표현한 것이 훌륭한 유산 문학이라는 것이 김매순의 생각이다. 나아가 이런 안목을 통해 세상의 진면목도 살필 수 있을 것으로 기대한다.

어둠에 관한 명상

|

闇室銘

겨울밤 촛불은 없고, 책을 볼 수 없어 지은 글이다.

해가 지면 촛불이 대신 비춰주지만,
촛불이 꺼지면 무엇이 어둠을 비추나.
방에는 책이 있어 그 글은 찬란하고,
방에는 사람이 있어 눈동자 영롱하네.
영롱한 눈으로 또렷한 걸 보면,
보는 것마다 분명 선명해야 할 터인데,
그래도 빛이 있어야 보이는 건 어째서인가?
내면은 외표에 의지하지 않을 수 없고,
섬세함은 반드시 거대함에 기대는 법 아닌가.
그러나 책도 눈동자도 없다면
찬란한 태양이나 아름드리 밀랍초가 있다한들
그 어떤 성과도 나타날 리 없으리라.
이상타! 형체가 현격히 달라도

서로 필요하여 융합되다니.

시간은 밝거나 어두울 때가 있고,

길은 막히거나 통한 곳이 있다네.

너의 책을 덮고 너의 눈을 감고서

태양이 동녘으로 오르길 기다릴 것이니,

산도깨비 올빼미와 함께

시각을 다투거나 자웅을 겨루지 말라.

 기름도 초도 동이 난 어느 겨울밤, 책을 볼 수 없는 처지
가 되자 문득 명상에 잠겨 깨달은 바를 적어 벽에 걸어
둔 글이다.

그는 책도 있고 눈도 있는데 책을 보지 못하는 이유를 먼저 생각
했다. 관찰은 내 눈이 하는 것이지만, 내 눈의 능력만으로 관찰이 이
루어지지 않는다. 빛의 도움이 있어야 했다. 그러므로 인식은 내부
기관인 눈과 외부의 사물인 빛의 조명을 통해 이루어진다는 사실을
깨달았다. 이런 과학적 사실을 통해 그는 하나의 이치를 발견한다.
내면적 완성은 외부 사물의 도움 없이는 안된다는 것, 미시적 성찰은
거시적 안목 없이는 어렵다는 점이다. 반면 빛을 발하는 태양이나 초
가 있어도 관찰하는 내 눈이 없다면 빛의 가치도 없다. 그러므로 이
둘은 서로 필요로 하고 서로 융합되어야 하는 것이 이치다. 내면과
외부의 융합, 미시와 거시의 조화의 가치를 깨달았던 것이다.

음양의 소장(消長)

|

上歸淵從兄

초목이 가을을 만나면 그 잎사귀 먼저 누렇게 되고, 누렇게 되기를 다하면 가지에 붙어있던 곳에서 말라 떨어지게 되며, 잎이 말라 떨어지면 가지 끝이 작고 연약한 것이 먼저 진액이 마르고, 굳세고 큰 것은 그 다음으로 마르게 됩니다. 그러다 한 겨울에 이르면 생기(生氣)가 단지 땅 속 뿌리에 축적되어 있다가, 양기(陽氣)가 생겨나는 동지 이후가 되면 생기가 뿌리로부터 올라와 줄기에 흐르고 가지로 뻗어 나와 잎사귀에 펼쳐지게 됩니다. 이는 양기가 밖으로부터 소멸되었다가 다시 내부로부터 자라나는 현상입니다.

매우 추운 한 겨울에는 바람 닿는 곳이나 깊은 곳이나 모두 차갑다가 봄이 되어 비로소 한기(寒氣)가 줄어들면 바람 닿는 곳은 점차 따뜻해지지만 깊은 곳은 도리어 찬 기운이 모이는 것을 느끼게 됩니다. 그러다 한 여름이 되면 땅 위로는 차가운 곳이 없지만 우물은 매우 차가워지며, 음기(陰氣)가 생겨나는 하지 이후가 되면 잎이 쓰러진 풀은 죽고 썩은 풀은 개똥벌레가 됩니다. 이 모두 아래에 머물러 있어서 먼저 음기를 느끼는 것입니다. 이는 음기가 밖으로부터 소멸되었다가 다시 내부로부터 자라나는 현상입니다.

그러나 이른바 밖으로부터 점점 안으로 거두어들이며, 안으로부터 점점 밖으로 흩어진다는 것은 단지 기운의 작용이 가득 찼다가 줄어드는 형세가 그렇다는 것일 뿐이지, 이미 소멸되고 남은 곳에 다시 살아날 근원이 들어있다는 말이 아닙니다. 또 음과 양으로 비록 두 가지이지만, 소멸되고 자라나는 것은 단지 하나로 꿰어있어서, 양이 소멸된 곳에서 음이 자라고, 음이 소멸된 곳에서 양이 자라는 것이지, 음과 양이 서로 대립하여 맞선 상태에서 마치 해와 달이 각기 떴다가 지는 것처럼 양이 한번 소멸되었다가 자라고, 음이 한번 소멸되었다가 자라는 것이 아닙니다. 이러한 것은 분명 활간(活看)해야 한다고 봅니다. 어떻게 양이 소멸되고 자라는 것은 쉽게 볼 수 있고, 음이 소멸되고 자라는 것은 보기 어려운 현상을 두고 양은 드러나고 음은 감춘다는 의미라고 할 수 있겠습니까?

이 글은 사촌형인 김근순(金近淳, 1772~1820)에게 보낸 편지의 내용이다. 김매순의 문집에 김근순에게 보낸 편지가 모두 5편이 실려 있는데, 그 중 3편이 기(氣)와 음양(陰陽)에 대한 견해를 주고받은 내용을 담고 있다. 대개 기는 음과 양으로 나뉘는데, 이 음양의 존재형태와 관련해서 생성과 소멸에 관한 논설을 펼치고 있다. 그 중 음양 소장(消長)의 이치를 주장하는 가운데 자연현상을 면밀하게 관찰한 결과를 토대로 설명하는 대목이 흥미롭다.

다른 편지의 내용을 참고해 보면, 당시 음양이 땅 아래로부터 생겨나 위로 치솟는다거나 음양이 서로 대치해 있으면서 하나씩 번갈아가며 사라졌다 자라났다 한다는 등의 논의가 난무하고 있었던 모양이다. 이에 대해 김매순은 땅 아래에 또 무슨 공간이 있어서 그곳에 기운을 수렴해 두겠냐고 반박하면서, 음양은 땅 아래에서 생겨나는 것이 아니라, 땅 가운데에서 생겨난다고 주장한다. 대개 기운이란 땅 가운데로 점점 수렴되어 안으로 감추어 들었다가 다시 일정한 시기가 되면 안으로부터 점점 밖으로 흩어져 나간다. 그래서 동지 이후에는 양기가 내부에서 자라나 밖으로 발산되고, 하지 이후에는 다시 음기가 내부에서 자라나 밖으로 발산된다고 한다. 그러므로 음과 양은 땅 속에서 서로 대립해 있는 상태로 있는 것이 아니라, 하나의 기운[一氣]이면서 양기가 생겨났다가 사라지고 나면 다시 음기가 생겨나 사라지는 형태로 순환한다고 주장한다.

김매순의 이 주장이 처음은 아니지만 아주 독창적인 생각인데, 이런 생각에 이르는 데에는 자연현상의 면밀한 관찰과 이를 통한 논리적 추론이 바탕에 있음을 이 글에서 짐작해 볼 수 있다. 이런

현상은 "활간(活看)"해야 한다고 하는데, 활간이란 관찰과 추론을
통해 이루어지는 것이라고 하겠다.

어부의 기도

戲代漁者祝

하늘이 오행을 만들어 처음 하도낙서에 나타내셨다. 어떤 것
인들 가득 차면 덜어내지 않으며, 무엇인들 번성하면 쇠퇴시키
지 않던가. 짐승들은 들판을 달리고, 새들은 허공으로 비상한다.
그 중 물이 길러내는 것은 오직 자라와 물고기들이라. 무리를
이루며 모두들 자라니, 사물을 살리는 하늘의 사랑 때문이다.

더러 이들 사이에 서로 억압하는 경우가 있어, 이것을 맡아
통제하는 게 사람이라. 먼 옛날 신성하신 분께서 세상을 두루
관찰하시고, 형상에 맞춰 도구를 만드셨으니, 그물이 그 중 하나
다. 삼태기그물과 통발, 고기깃과 잡어망들, 큰 그물 작은 그물
그리고 가리. 넓은 것에서 작은 것까지 다양하게 변화해서 후대
로 올수록 더욱 정교해졌다.

지금 여기 설치해 둔 것도 옛 방식을 그대로 따른 것이 아니
라네. 키 큰 황새처럼 옆으로 둘러섰고, 긴 악어가 중앙에서 마
셔대는 모양으로, 불룩한 배 안으로 그물로 주워 담고 키질로

퍼 올리네. 깊은 못에 위치를 살펴 잘 감추어 두어라. 이제 좋은 날 택해 장대 박고 그물을 펼치니, 마치 부잣집에 들어가 보배를 나누는 것 같네. 정성으로 살피되 서두르지 말고, 놀라거나 성나게 하지 말라. 무릇 신이 포용하는 것은 그 무리가 무한하나, 샅샅이 뒤져 모조리 잡아내는 일은 내가 마음에 두고 있는 게 아니네. 다만 요약해서 다섯 가지이니 나머지는 미루어 살펴볼 수 있으리.

날카로운 이빨에 팽팽한 배, 볼때기 볼록하고 긴 지느러미를 지니고, 높은 자리에서 잡아먹을 고기를 선택해서 자기 살을 찌우는 놈. 내 그물을 펼쳐서 그의 방자함을 경계하리라.

살랑살랑 오고가며 무리지어 휩쓸며 까불고, 깊은 곳에 엎드려 지내지 않고 맑고 시원한 곳이면 풀쩍 뛰어 달아나는 놈. 내 그물을 만나면 그 경망스러움을 조심하리라.

썩어 삭은 뼈와 밥풀떼기도 목숨 내놓고 달려들며, 바늘에 걸리고 줄에 묶여도 태연히 두려운 줄 모르는 놈. 내 그물을 던져서 그의 탐욕스러움을 징계하리라.

갈고리와 창과 긴 작살은 갑각류에겐 재앙이지만, 논밭의 곡식을 먹어 치우니 멸구와 같은 놈들. 내 그물을 단단히 매어 저해되는 것들을 제거하리라.

왕성하게 번식하는 기이함의 으뜸인 산천어와 연어들, 능히 통제할 수 없는 것이 궁지에 몰린 왕돈(王敦)[1]과 같은 격이라. 내 그물을 모두 써서 어리석고 완고한 것들을 죽이리라.

　이 다섯 부류는 신도 역시 부끄럽게 여긴 것들이라. 내 손을
빌려 벌을 내리는 것이니, 감히 원망하지 못하리라. 듣자니 먼
옛날엔 하늘의 일을 사람이 대신하고, 예가 사라지면 시골에서
구한다고 했으니, 누가 나를 교만하다 하리오. 식탐 많은 선비라
도 타고난 품성이 모자라 육식은 바라지도 못하지만, 이빨 없으
면 뿔이라도 주어지니 이치가 거의 그렇지 않던가. 회와 구이는
널려 있어 종과 삯군들도 배불리 먹네. 일한만큼 먹으니 내 밥
은 공밥이 아니로다. 그러나 소털 빠지듯 얼마 되지는 않으니,
신이 어찌 이것을 나무라시겠나. 내 말을 믿지 못하겠거든 포희
씨에게 물어보시라.

　 어부의 고기잡이에 가탁한 우언이다.
　　　　　물에 사는 물고기의 세계를 통제하는 권한을 받은 어부,
통제를 위한 도구로서 예로부터 발전해 온 다양한 그물들, 그물을
던져 벌을 줘야할 나쁜 물고기들. 대략 그 비유에 감이 올 것이다.
다른 것은 접어두고 물고기의 비유를 보자.

1　왕돈(王敦) : 동진(東晉)의 권신으로 왕명을 거역하여 반기를 들었다가 동족
　인 왕도(王導)의 공격을 받다가 병으로 죽었다. 흔히 동탁(董卓)과 함께 왕을
　능가하는 권력을 누렸던 권신의 대명사로 일컬어졌다.

모두 5종의 물고기를 풍자하고 있는데, 방자한 놈, 경망스런 놈, 탐욕스런 놈, 해충과 같은 놈, 어리석고 완고한 놈이다. 평소 사대부사회에 불만을 보였던 김매순의 비판정신으로 반추해 보면, 방자한 놈은 권력을 제멋대로 휘두르며 자기 배를 채우는 세도가를 연상케 하고, 경망스런 놈은 편당지어 염량취산하며 기회만 엿보는 정치인들을 비꼬는 표현이다. 탐욕스런 놈은 일신의 영달밖에 모르는 탐관오리들을, 해충과 같은 놈들이란 힘없는 향민들을 등쳐먹는 향반이나 아전들을, 어리석고 완고한 놈들이란 변통할 줄 모르는 고지식한 유자들을 풍자한 것으로 읽힌다.

여기에 풍자된 이들은 대개 강자며 권력자요, 이기주의자이며 기득권자들이다. 이들은 인류공존의 법칙을 거스르는 몰염치한 인간들이다. 그러나 오히려 이들이 권력을 쥐고 힘을 행사하고 있으며, 세상도 그들 마음대로 주물리고 있으니, 오직 기대할 곳은 하늘뿐이다. 하늘에 기대한다는 것은 하늘의 법칙이 지켜지는 것일진대, 이 글에서 어부의 그물로 비유된 것이 그것이다. 그러면 하늘의 법칙이란 무엇일까? 김매순은 이와 관련해서 다음과 같은 말을 남기고 있다.

물고기와 자라에게 비늘과 껍질이 붙어있는 것은 몸이 젖는 것을 막기 위한 것이고, 새와 짐승에게 가죽과 털이 갖춰져 있는 것은 추위와 더위에 대비하기 위한 것이다. 패(猵)는 앞다리가 짧아 낭(狼)의 도움을 받아야 다닐 수 있고, 소길

(璅蛣)은 눈이 없기 때문에 게에게 엎여야 볼 수 있다. 꿈틀거리는 온갖 벌레들은 갖은 형태에 괴이하지만, 살아가는 방편을 모두 스스로 마련하여 아무런 유감이 없는 것은 천지신명의 지극한 사랑이오, 조물주의 지극한 조화다. 그러므로 오직 사랑으로 마음을 잡아야 하고, 오직 조화로 정치를 행해야 한다. 마음을 잡는 것을 '덕(德)'이라고 하고, 정치를 행하는 것을 '재(才)'라고 한다. '재'와 '덕'을 겸비해야 천지신명에 참여하고 조물주와 짝을 이룰 수 있다. (『궐여산필』 제4)

　천지신명의 사랑과 조물주의 조화, 이것이 자연의 근본 이치요 하늘의 법칙인 셈이다. 그러므로 이 사랑과 조화의 정신이 살아있다면, 아직 세상은 바로잡을 수 있는 것이다. 바로 이같은 자연적이고 인간적인 가치를 지키는 것이 지성이요 교양이며, 이것으로 자연파괴적이고 비인간적 행태로부터 세상을 지켜야하는 것이다. 마치 그물을 던지는 어부의 기도처럼.

자연과 인간사의 이치

|

擬演連珠(抄)

항상 음이고 항상 양인 경우는 천도(天道)에 없는 일이며, 성함이 있으면 쇠함도 있는 것은 사물의 이치를 통해 살펴볼 수 있습니다. 일어나 시대에 부합하는 것이 천시(天時)에 적극 대응하는 공손한 태도가 아니며, 앉아서 운명을 기다리는 것이 천도(天道)를 판단해서 완성시키는 능력이 아닙니다. 그러므로 처지에 순응하여 나아가거나 물러나기를 현명한 선비들은 비가 오면 집에 머물고 날이 개면 길을 나서듯이 적절한 때를 살피고, 조짐을 살펴 눌러 억제하기를 덕이 높은 사람은 서리 내리면 얼음 어는 날이 다가왔음을 경계하듯이 합니다.

나무가 자라면서 굽어버리면 목수의 먹줄로도 손을 쓸 수 없으나, 물은 흐르다가 탁해져도 흙을 일어내면 모습을 비춰볼 수 있습니다. 이것은 무슨 이치일까요? 자질이 딱딱하게 굳어버린 사람은 죽음에 다가가 있어서 변하기 어렵고, 기질이 유약한 사람은 생명과 가까워서 바뀌기 쉽기 때문입니다. 그래서 온몸이 딱딱하게 굳으면 천금으로도 환골할 수 있는 방법이 없고, 마음 속이 비어있으면 생각 하나에 본성을 회복할 수 있는 영험이 담겨있습니다.

아름다움이란 본래 자연스레 이루어지는 지라 오래될수록 더욱 빛나지만, 다듬어 인위적으로 만든 것은 언뜻 팔리더라도 끝내 실패하고 맙니다. 그래서 화씨(和氏)가 캐낸 옥은 맑은 무늬가 황토 속에서도 더럽혀지지 않았지만, 회공(回公)이 정련한 은은 세월이 지나면 결점이 드러나고 맙니다.

쭉정이와 기장은 같은 이삭에서 나고 둘이 모두 밭두둑에서 자라며, 고아한 순임금의 음악과 음란한 정나라 음악은 서로 곡조는 다르지만 같은 악기에서 나옵니다. 그러므로 사람을 관찰할 때 반드시 화려한 면만 보지 않도록 조심할 것이며, 자신을 수양하는 일도 낯빛을 엄숙하게 하는 것이 중요한 게 아닙니다.

개암나무와 싸리나무가 보잘것 없어도 번성하면 큰 산을 덮고, 모래와 돌이 보배는 아니지만 그 광채는 정교한 옥찬(玉瓚)을 만드는 재료로 쓰입니다. 그러므로 성왕(成王)께서 숙부를 불러 말씀하셨던 것[1]은 어진 신하를 모시려는 주공(周公)의 노력을 느슨히 하지 않으셨던 것이며, 사람들이 자하(子夏)를 공자로 의심

하고 있다는 증자의 질타에 벗들과 떨어져 지냈던 탓이라는 자하의 탄식이 있었습니다.[2]

별자리들이 하늘을 둘러싸고 있기에 천체의 운행이 드러나게 되고, 많은 꽃나무들이 땅에서 자라고 있기에 토질이 적합하다 말할 수 있습니다. 그러므로 요순의 덕행에 이름을 붙일 수는 없지만 팔원(八元)과 팔개(八凱) 같은 현신 재사들의 정책을 통해 말할 수 있으며, 주(紂)왕의 악행이 어느 정도였는지 몰라도 신하였던 비렴(蜚廉)과 악래(惡來)가 저지른 일로 증명할 수 있습니다.

얼음은 물이 얼어붙은 것이나 녹으면 다시 물이 되지만, 땔감은 불에 의해 타오르나 다 타고 나면 다시 불붙지 않습니다. 무슨 이치겠습니까? 형상으로 나타나는 것은 번듯하거나 초췌한 것이 그 범주를 벗어나지 못하지만, 정신에 바탕을 둔 것은 순조로울지 막힐지 오직 그것이 의존하는 것에 매이게 됩니다. 그러므로 하·은·주 삼대가 서로 잘못된 것을 바로잡았지만 그렇다고 백성이 달랐던 것은 아니며, 육전(六典)이 있다고 해도 시행하는 것은 사람이 있어야 할 수 있는 것입니다.

---

1 『시경』「노송(魯頌)·비궁(閟宮)」: 성왕이 숙부 주공에게 당신의 맏아들을 노나라의 제후로 세워 주나라를 보필케 하라고 말했던 것이 주공이 씹던 밥도 뱉어버리며 현자를 맞이했던 공로를 치하한 것이라는 뜻이다.
2 『예기』「단궁(檀弓)」 상편.

태양이 아침에 떠오르면 깊은 골짜기도 빠뜨리지 않고 비춰 주며, 차가운 이슬이 밤새 얼면 아름다운 꽃들이 먼저 그 피해를 입습니다. 그러므로 기린과 봉황 같은 인재가 모이면 물리칠 악행도 없을 것이며, 하늘과 땅이 장차 닫히게 되면 선행을 오히려 경계로 삼을 것입니다.

 이 글은 '연주문(連珠文)'이라는 아주 독특한 스타일의 글이다. 실정과 이치를 구슬처럼 꿰어놓았다는 의미의 제목인데, 어떤 사실이나 자연 현상을 서술하고, 이어서 그것의 의미를 작가가 간결하게 서술하는 양식으로, 내용의 성격상 명문(銘文)에 가깝다. 한나라 때 장제(章帝)가 반고(班固)와 가규(賈逵)와 부의(傅毅)에게 명령해서 짓게 한 것이 처음이었다. 그래서 매 편의 앞에 "신은 아뢰옵니다.[臣聞]"이란 말이 상투적으로 놓인다.(위의 번역에서는 생략했음) 그 이후 육기(陸機)가 더 부연해서 "연연주(演連珠)"를 짓기도 했는데, 이 양식의 글이 그렇게 흔하게 창작되지는 않았다. 김매순도 이 양식을 본떠서 모두 30편의 연작을 지었는데, 문집에는 모두 29편이 남아있고, 그 중 8편을 여기에 소개해 두었다.

'연주문'은 글은 유려하게 지어도 내용은 간략하게 표현하기 때문에 사정을 구체적으로 설명하지 않고 비유와 은유를 통해 의미를 전달하고자 한다. 더러 풍자적 성격을 띠기도 하는데, 독자는 한 편 한 편 읽어가며 촌철의 비유에서 흥미를 느끼게 된다. 김매순의 이 작품도 더러 난해한 비유나 은유가 있지만, 깊은 성찰의 내용을 담고 있어 두고두고 곱씹으며 읽을 만한 좋은 작품이다. 29편의 글 중에 서로 연관된 것도 있지만, 전체를 묶어 하나의 주제를 설정하기는 어렵다고 본다. 여기서는 자연현상의 비유를 통해 인간사의 이치를 통찰하는 내용의 글을 중점으로 모아보았다. 숙독해 보시기 바란다.

제4부
진정한 주자학자의 길

비와 물의 비유 : 인간본성에 대하여

『闕餘散筆』第1(抄)

하늘이 비를 내리는 것이 '리(理)'이고, 땅이 물을 얹고 있는 것이 '성(性)'이다. 땅에는 강도 있고 하천도 있고 우물과 연못도 있어 개울과 산골물처럼 비껴 흐르기도 하고 곧게 떨어지기도 하며 둥글거나 네모난 형태에 깊기도 하고 얕기도 한 것은 사람과 동물이 지닌 '형기(形氣)'와 같으며, 물이 습하고 윤택하며 아래로 흐르는 것은 '성'이 오상(五常)에 대해 굳건하거나 따르는 것과 같다. 하늘이 부여한 것을 '성'이라고 말하는 것은 하늘이 내리는 것이 물이라고 말하는 것과 같다. 사람과 동물이 태어나면 각자 자신에게 부여된 '리'를 얻게 되고, 이로써 오상을 굳건히 따르는 덕을 갖게 되는데, 마치 강과 하천과 우물과 연못과 개울과 산골물이 각자 하늘이 내려준 비를 받아서 습하고 윤택하며 아래로 흐르는 덕을 갖추는 것과 같다.

'성'과 '도'가 다르다고 주장하는 사람들은 강과 하천과 우물과 연못과 개울과 산골물을 두고 이렇게 비유할 것이다.

"비가 내린 것은 한 가지이지만 강의 물은 맑고, 하천의 물은 탁하며, 우물의 물은 치솟고, 연못의 물은 머물러 있으며, 비껴 흐르는 물은 비껴 흐르고, 곧게 떨어지는 물은 곧으며, 둥글거나 네모진 물은 둥글거나 네모지며, 깊거나 얕은 물은 깊거나 얕다. 습하고 윤택하며 아래로 흐르는 것은 비록 같다고 하겠지만, 그러나 강과 하천이 윤택하며 아래로 흐르는 것은 크고 온전하지만, 우물과 연못이 윤택하며 아래로 흐르는 것은 작고 편협하다. 그래서 비가 내린 것은 같지만 물은 같지 않다. 만약 비와 물이 모두 같은 것이라고 한다면, '리'와 '기'를 같은 것으로 보는 것이다."

이는 강과 하천과 우물과 연못과 개울과 산골물을 주체로 설정하고, 비와 물을 객체로 설명하는 것이다.

반면 '성'과 '도'가 같다고 주장하는 사람들은 비와 물을 가리켜 이렇게 비유할 것이다.

"비록 강에 있으면 맑고 하천에 있으면 탁하며, 우물에 있으면 치솟고 연못에 있으면 머물러 있으며, 비껴 흐르는 곳에 있으면 비껴 흐르고 곧게 떨어지는 곳에 있으면 곧게 떨어지며, 둥글거나 네모진 곳에 있으면 둥글거나 네모지고, 깊거나 얕은 곳에 있으면 깊고 얕다고 하겠지만, 그들이 모두 비를 받아서 물이 된 점은 한 가지다. 습하고 윤택하며 아래로 흐르는 것이 비록 크고 작으며 온전하고 편협되는 차이가 있지만, 이미 물이라고 한다면 윤택하며 아래로 흐르지 않을 수 있겠는가? 그래서 물은 곧 비라고 말할 수 있다. 만약 비인 것은 같지만 물은 다르다고 한다면, '성'과 '리'를 전혀 다른 두 것이라고 보는 것이다."

이는 비와 물을 주체로 두고 강과 하천과 우물과 연못과 개울과 산골물을 객체로 설명하는 것이다.

이 두 가지 주장을 어느 한 쪽만 폐기할 수 없는 것은 대개 '성'을 한 마디로 설명할 수 없기 때문이다. 성현들께서 '성'을 설명할 때 '기'를 주체로 말한 경우도 있고, '리'를 주체로 말한 경우도 있다. '기'를 주체로 말하자면 앞의 설명을 따라야 하고, '리'를 주체로 말하자면 뒤의 설명을 따라야 한다. 그러나 『중용』에서 하늘이 부여한 것이 '성'이라고 말한 것은 명백히 '리'를 주체로 말한 것이니, 취사선택의 구분이 거의 여기에 있다고 하겠다.

인간성과 동물성이 같다고 볼 것인가, 아니면 다르다고 볼 것인가 하는 논쟁은 조선후기 철학사의 매우 중요한 주제였다. 이것은 세계와 사물의 근원을 파악하고 나아가 우리 인간의 본성을 성찰하는 철학적 문제와 관련되어 있어, 오랜 동안 많은 학자들이 이 주제를 두고 치열하게 논의해왔다. 이 논의의 발단을 거슬러 올라보면 조선전기 이황과 기대승 사이에 전개되었던 인간의 본성이 천리 본연이 주축이냐 아니면 천지간의 기질이 주축이냐는 논쟁에서 발전된 것으로 보는데, 주리론의 시각은 인간성=동물성의 논리로 발전하였고, 주기론의 시각은 인간성≠동물성의 논리로 발전하였던 것이다. 그러나 애초 인성(人性)에 관한 논설의 고전이라 할 수 있는 『맹자』에서 성을 주리적 입장에서 설명하기도 하고, 또 한편으론 주기적 입장에서 설명하기도 했던 양면성이 논의의 발단을 제공한 것이 사실이다.

그러나 이런저런 논의들을 덮어놓고 보더라도, 사실 인간의 본성과 동물의 본성은 전혀 다르다고 볼 수도 있고, 한편 아주 비슷한 면이 있다고 볼 수도 있다. 어떤 입장에서 보느냐에 따라 견해가 얼마든지 달라질 수 있는 문제이며, 그렇기 때문에 오랫동안 논쟁거리가 될 수 있었던 것이다. 그렇지만 이 논쟁이 결론을 맺지 못하고 오랫동안 평행선을 달리게 되자, 결국 논쟁의 근본 문제를 짚어보면서 이 둘의 논의가 결국 같은 사물을 서로 다른 방향에서 본 차이에 불과하다는 화의론(和議論)이 등장하게 되었던 것이다. 김매순의 이 글은 바로 그런 취지를 담고 있는데, 비유와 설명이 아주 간결하고 명쾌하다.

물은 공자 노자시대 이후로 철학적 사유를 표현하는데 단골로 사용되었던 소재다. 맹자도 인성을 논하는 고자(告子)의 비유에 반박하면서 역시 물의 비유를 사용했다. 그런 면에서 김매순도 물의 비유를 차용함으로서 일단 친숙감과 설득력을 확보하고 있다. 이어 비-리(理), 물-성(性), 지형-기(氣)로 대비시키면서, 현상은 똑같지만 그 현상을 같은 빗물의 관점에서 보느냐, 아니면 각기 다른 지형의 관점에서 보느냐에 따라 물을 다르게 파악할 수 있다고 한다. 비유가 절실하고 대비가 선명해서 그동안 평행을 달리던

두 논의의 합의점을 제시하기에 충분하다고 본다.

그러나 이 비유를 좀더 가만히 읽어보면, 김매순은 분명 주리적 입장에서 화의와 절충을 시도하고 있다는 것을 알 수 있다. 가령 물의 기원을 비에 둠으로서 리를 근원적인 것으로 설명하고 있기 때문이다. 그가 하늘이 부여한 것이 성이라는 『중용』의 설명을 본성 이해의 중요한 잣대로 삼고 있는 데서도 알 수 있다. 노론이자 낙론의 가문에서 태어나 성장한 그로서 사상의 형성에 환경적이고 당파적인 요인으로부터 자유로울 수는 없었던 것이다.

그런데 만약 땅위의 물이 증발해서 구름이 되어 비가 내리기 때문에 리에 앞서 기가 먼저 작용한다고 한다면 다시 논의는 원점으로 돌아간다. 그래서 김매순의 논지가 화의를 통해 접점을 찾아 논의를 종식시키려는 의의는 있다고 하겠지만, 여전히 문제의 소지는 남아 있는 것이다.

모든 도리의 근원은 같다

|

『閒餘散筆』第1(抄)

 군주의 명령하는 도리를 신료에게 옮겨 놓으면 공손함이 되고, 신료의 공손하는 도리를 군주에게 옮겨 놓으면 명령하는 것이 되며, 아비의 자애로운 도리를 자식에게 옮겨 놓으며 효성스러움이 되고, 자식의 효성스러운 도리를 아비에게 옮겨 놓으면 자애로움이 되는 것은 그 '근원'[一原]이 같기 때문이다. 이것으로 유추해 보면, 소가 밭을 가는 도리를 말에게 옮겨 놓으면 짐을 이고 가는 도리가 되고, 말이 짐을 이고 가는 도리를 소에게 옮겨 놓으면 밭을 가는 도리가 된다. 또 닭이 새벽을 지키는 도리를 개에게 옮겨 놓으며 밤을 지키는 도리가 되고, 개가 밤을 지키는 도리를 닭에게 옮겨 놓으면 새벽을 지키는 도리가 되니, 어떤 것인들 같은 '근원'이 아닌 것이 없다.

 다시 사람과 동물을 통틀어 유추해 보면, 사람이 쟁기질하여 밭을 갈거나, 짐을 이고지고 길을 가거나, 달력을 만들어 시간을 알아내거나, 목탁을 치며 폭력을 막는 일들이 소가 밭갈고 말이

짐을 이고 닭과 개가 새벽과 밤을 지키는 일과 다르다고 할 수 있을까? 단지 사람은 광범위하되 동물은 협소하며, 사람은 정밀하되 동물은 조잡할 뿐이다. 광범위하고 협소하거나 정밀하고 조잡한 것은 각자 나뉘어져 다른 점이지만, 광범위하고 협소한 점과 정밀하고 조잡한 점을 통합해서 그 당연한 이치를 단순하게 말하자면, '근원'이 같다고 할 수 있다.

　　　인간성과 동물성이 같으냐 다르냐는 논의에서 논쟁의 관건이 되었던 것 중의 하나가 '성'과 '도'의 문제였다. 다르다고 주장하는 학자들은 '성'과 '도'는 본래 같은 것이고, 사람의 '도'와 동물의 '도'는 엄연히 다르므로, '도'가 다르기 때문에 '성'도 다르다고 주장한다. 문제는 '도'를 어떻게 이해하느냐의 차이가 관건이었다. 그래서 김매순은 이에 대한 반론으로 체용론을 근거로 '성'과 '도'의 관계를 설명한 바 있다.

　그는 '성'을 체(體)로 '도'를 용(用)의 관계로 설정하고, '성'은 사람과 동물 모두에게 공통된 것이지만, '도'는 각자의 존재로서 지켜야 할 도리라고 한다. 사람과 동물이 다를 뿐만 아니라, 사람 사이에도 처지에 따라 각기 다른 것이 '도'라는 것이다. 그러므로 '성'과 '도'는 사실상 다르다고 한다. 이는 종래 '도'를 천리와 같은 형이상적 개념으로 이해했던 것과는 달리 우리가 직접 실천하고 지켜야할 덕목으로 규정함으로서 '성'과 '도'의 난해한 관계를 쉽게 이해하도록 해준다.

그러면 이와 같이 '도'도 각기 다르고, 또 '성'과 '도'가 다른데, 어떻게 '성'이 모두 같을 수 있는가? 이것을 해명하는 것이 이 글의 '일원론'이다. 도리는 서로 달라도 각 존재들이 모두 '성'을 따르는 동일한 근원을 가지고 있음을 설명하고 있는데, 모든 도리들이 동일한 근원을 가지고 있다는 것은 곧 '성'이 같다는 증거가 되기 때문이다. 그러면 이 도리들이 '성'을 따르는 동일한 근원은 무엇인가? 그것은 악에 물들지 않고 선을 따르려는 속성이라고 보았다 (『궐여산필』 제1).

이는 성선주의와 주자학의 윤리관에 철저한 그의 사상을 보여주는 것이지만, 또한 그가 자연과 사물의 관찰을 통해 깨달음과 식견을 얻고자했던 공부자세도 여기에서 출발되었던 것을 알 수 있다.

학문의 길

|

『闕餘散筆』第4(抄)

학문이란 다른 것이 아니다. 선을 행하는 것일 뿐이다. 다만 선은 그냥 행할 수 있는 것이 아니다. 반드시 탐구하고 익혀서 쌓고 배양해 나가야 한다. 도와 이치가 눈에 익숙하고, 끌리는 맛이 몸에 흠뻑 젖은 다음에야 밖으로 응대하는 일들이 한 가지 근본에 의해 일관하게 되어 선이 비로소 무르익지 않을 수 없다. 이것이 '앎에 이르고 마음을 보존하는 것'[치지존심(致知存心)]이 '힘써 행동하는 것'[역행(力行)]보다 앞에 위치하는 이유이니, 이름하여 "학문의 체(體)"라고 한다.

그러나 선은 아는 선에서 그냥 그쳐서는 안된다. 이미 마음에 체득한 것이 있게 되면, 규방에 있을 때는 규방의 일이 있고, 조정에 있으면 조정의 일이 있듯이 사람이 거짓된 지 올바른 지를 구별해야 하며, 말과 논리의 득실을 판단해야 한다. 예악 교화와 같이 광대하건 화폐 곡식 병무 행정과 같이 소소하건 간에, 이 세상 안에 존재하는 일로서 내 자신이 직접 겪지 않을 수 없는 모든 것들은 반드시 내 지혜가 닿는 바에 따라 조처하는 방도가 있어야지 그것이 순수한 것이든 잡스러운 것이든 취사선택해서는 안된다. 그래야 마음 안에 갖추어진 이치가 만 갈래로 발산되어 선이 비로소 드러나게 된다. 이것이 '중절의 조화[중절지화(中節之和)]가 '대본(大本)'의 뒤를 잇는 이유이니, 이름하여 "학문의 용(用)"이라고 한다.

'체'와 '용'을 아우르고 일과 이치를 겸한 것을 통칭 '학문'이라고 한다. 그 귀결처는 오직 선(善) 한 가지를 이루어내는 것일 뿐이다. 이 세상에 악행을 즐겨 행하는 사람은 참으로 어찌할 도리가 없지만, 선에 뜻을 두고도 끝내 선에 들어가지 못하는 사람을 나 또한 많이 봤다. 그 이유는 대개 두 가지다.

하나. 심신과 성정에 처음부터 절실하고 긴밀한 공부가 없고, 도리어 외형으로 드러나는 행위에 관심을 두고 한두 가지 괜찮은 주제를 찾아 그대로 답습함으로서 삶과 정신을 안정시키는 방편으로 삼는다. 단지 그 일만 따지자면 선하지 않은 것은 아니지만, 탐구하는 것이 정밀하지 못하고 배양하는 것이 돈독하지 못하면 더러 하나에는 밝아도 둘은 어둡고, 이쪽은 잘 준비해도 저쪽은 빠뜨리곤 해서, 결국 그것을 차지해서 자기 것으로 만들지를 못한다는 사실을 모른다. 이는 '용'은 알았지만 '체'를 알지 못한 것이다.

다른 하나. 앞의 방법이 격이 낮다는 사실을 알고서, 간결한 것을 좋아하되 두루 온전하기를 흠모하고, 남을 잘 인정하지 않는 것을 고상하게 여기며 사소한 절개는 부끄럽게 여긴다. 단지 그 뜻을 살펴보면 선하지 않은 것은 아니지만, 일을 처리하고 상대방을 대할 때는 무르고 연약해서 도무지 운용할 줄 모른다. 집에 있을 때는 온화하게 행동하지만 어떤 일에도 조리가 없고, 조정에서는 근엄하게 나오고 물러나지만 잘하는 일 하나 찾아볼 수 없다. 사람이 거짓되거나 올바른 것을 보고도 "손을 대서 뭐 하겠나?" 하고, 말과 논의의 득실을 두고도 "입을 열어 뭐하겠나?"고 하며, 예악에는 겨를이 없다하고, 화폐나 곡식은 탐탁치 않다고 한다. 그렇다면 하는 게 뭔가? 홀로 우뚝 꼿꼿이 자부심만 가득하지 실속이란 없이 단지 벙어리 앉은뱅이로 지내다 죽고 말 뿐이다. 이런 태도로 세간에서 뽐내려드니, 난감한 일이 아닌가. 이는 '체'만 알고 '용'은 모르는 것이다.

이 두 부류 중 하나는 마음이 성급한 것이 병이고, 하나는 담이 약한 것이 병이다. 하나는 남월왕이 황옥(黃屋) 같은 수레에 깃발을 왼쪽에 꽂아 거짓으로 황제의 위세를 빌리고 귀태를 흉내내는 것과 같으며, 하나는 유요와 왕랑이 올해도 싸우지 않고 내년에도 정벌하지 않으며 성현에 관해 얘기만 하다가 망하고만 경우와 같다. 서로의 길은 비록 달라도, 선을 제대로 이루지도 못하고, 학문도 잘못되고 만 점에서는 같다.

앞의 글에서 세상의 모든 도리가 근원적으로 선(善)을 따른다고 했지만, 선을 따른다고 저절로 선에 도달되는 것은 아니다. 선에 도달하기 위해서는 탐구하고 익혀 쌓아가는 노력이 필요한데, 그것이 학문이라고 한다. 이 글은 바로 학문의 본질과 방법을 명쾌하게 풀어놓은 것으로, 지식인으로서 걸어가야 할 학문의 길을 보여주고 있다.

그는 역시 예의 체용론을 적용한다. 학문을 두 축으로 구분해서 학문의 근본정신[體]과 현실적 적용[用]으로 설명하는데, 이 둘을 겸비해서 선을 이루어내는 것이 진정한 학문이라고 한다. 그러나 '체'든 '용'이든 둘 다 제대로 못하는 사람은 거론할 필요도 없겠지만, 흔히 학문을 한다는 학자들 가운데 '체'나 '용' 어느 한쪽으로 기울어 있는 경우가 허다하다고 한다.

흔히 학문에는 이론과 실제가 있다고 한다. 이 말은 이론적 탐구와 실제의 적용, 학문은 이 두 측면으로 구분되지만 한편 이 둘이 통합되어야 온전한 학문이 된다는 의미이기도 하다. 학자 가운데 실제에 드러나는 것을 선호하는 성향을 가진 사람이 있는데, 너무 이쪽으로 치우칠 경우 자칫 상대적으로 공부의 바탕이 취약하게 되고, 학문의 현실성만을 중시하며 실용주의로 흘러들기도 한다. 반면 이론적 탐구를 선호하는 성향의 경우, 자칫 이성적 논리에 젖어 역사와 현실의 변화는 고려하지 않고, 경험을 무시하며 이상주의로 빠져들 수 있다.

또 지식인의 경우에도 논리적 분석에 탁월한 사람이 있는가 하면, 현실적 참여를 중시하는 사람이 있다. 현실적용의 경험이 배제된 논리적 분석은 오류와 모순을 낳을 수 있고, 합리적이고 이성적인 판단 없는 현실참여는 좌절과 패배만 있을 뿐이다. 이 둘을 겸비한 지식인이라면 모순과 좌절을 넘어 시대의 사표가 될 수 있다. 이처럼 '체'와 '용'의 선후관계와 상호 보완적 노력이 없다면, 올바른 학문이나 지식인이 되기 어렵다는 점에서 김매순의 말은 현재적 의미를 갖는다.

공부의 처음과 끝

|

『閒餘散筆』第4(抄)

'학(學)'이란 글자는『상서』「열명(說命)」편에 처음 나온다. 거기서 부열(傳說)은 "배움은 오로지 뜻을 겸허하게 가져야 하니, 노력하여 때때로 민첩하게 행동하면 수양됨이 나타날 것입니다. 이 점을 돈독하게 믿어서 깊이 생각하면 도가 몸에 쌓이게 됩니다."고 말했다. '뜻을 겸허하게 가지'며, '때에 맞춰 민첩하게 행동하'며, '돈독하게 믿어서 깊이 생각하'는 것이 공부요, '수양됨이 나타나'고 '도가 몸에 쌓이게 되'는 것은 그 공부의 효과다.

표방해서 고상한 척하고 과장해서 자신을 대단하게 여기는 것은 뜻을 겸허하게 가지는 것이 아니며, 실상에서 멀어 절실하지 못하고 엉성해서 정밀하지 못한 것은 때때로 민첩하게 행동하는 것이 아니다. 대개 학문이란 자신을 위하는 것이기 때문에, 허풍떨며 교만하거나 남을 이기려는 마음을 가진다면, 국량은 좁아지고 식견이 사라져 겉으론 바빠도 안은 황폐해지기 마련이며, 유익한 것을 얻어 선을 택할 수 없게 된다. 그래서 뜻을 겸허하게 가지는 것이 학업을 이루는 기초다. 그러나 뜻이 겸허해 지더라도 언제 어디서든 부지런히 힘쓰지 못한다면, 잠시 느슨 해진 사이에 앞선 공부를 모두 버리게 되고, 조금이라도 잃게 되면 전체가 갖추어지지 못한다. 그래서 때때로 민첩하게 행동 하는 것이 덕을 이루는 절도다. 이 둘은 공부의 시작이요 마침 이다.

기초가 서고 절도가 이루어졌을 때, 그것이 자신에게 베풀어 지면 자신이 수양되고, 남에게 베풀어지면 그 사람이 다스려지 게 된다. 씨를 뿌리면 반드시 수확이 있고, 밥을 먹으면 반드시 배가 부르듯이, 그렇게 되기를 기대하지 않아도 그렇게 되는 것 이 이른바 수양됨이 나타난다는 것이니, 좋은 소식이 올 것이다. 수양됨이 끊임없이 나타나 넉넉히 날로 새로운 것이 있게 되면 도덕이 가득 쌓이어 자신과 하나가 되며, 대응하는 것이 궁색하 지 않고, 효용이 고갈되지 않을 것이니, 이른바 도가 몸에 쌓여 성취가 지극하게 된다는 것이다. 이 둘은 공부 효과의 시작이요 마침이다.

그러나 공부에는 크고 작은 것이 있으며, 효과에는 얕고 깊은 것이 있다. 성실하게 지속적으로 늘 여기에 생각을 두지 않으면, 겨우 조금 얻는 것을 보고는 더 깊이 들어가려고 하지 않는 경 우가 있다. 그래서 다시 '이 점을 돈독하게 믿어서 깊이 생각하' 라는 말을 공부 효과의 시작과 마침 사이에 끼워 넣어 다시 환 기시키고 있으니, 좋은 소식이 이미 오게 되면 성취를 모두 이루지 않을 수 없다는 사실을 밝혔다.

단지 담담한 이 스무 글자로 학문의 과정과 단계, 문자의 배치와 변화를 더 이상 보탤 것 없이 섬세하게 구성해 두었으니,『고문상서』가 의심스러운 곳이 아주 많아 모두 공자 고택 벽장의 진본은 아니지만, 이 단락은 분명 옛 성인의 가르침일 것이다.

『상서』「열명」하편에 상(商)나라 고종(高宗)의 재상인 부열(傅說)이 배움과 가르침에 관해 말한 대목이 있는데, 그 중 배움 곧 공부에 관해 말한 대목 20자를 상세히 분석하면서 공부란 어떻게 해야 하는가를 구조적으로 설명한 글이다.

김매순은 이 글을 크게 '공부'와 '공부의 효과'에 관한 내용으로 구분하고, '공부'에 관한 것은 다시 공부를 시작하는 자세와 공부를 유지하는 방법으로 나누고, '공부의 효과'에 관한 것도 처음에 나타나는 효과와 마지막으로 얻게 되는 효과로 나누어 분석하고 있다. 불과 20자에 불과한 간결한 말을 자신의 공부경험을 토대로 상세히 분석하고 있지만, 이 설명의 말도 결코 건성으로 보고 넘길 것이 아니다. 곰곰이 곱씹어 읽어보면 공부하는 자세와 관련해 느끼는 바가 있을 것으로 본다.

참고로 「열명」편은 위진시대 진(晉)나라의 매색(梅賾)이 위조하여 만든 가짜『고문상서』25편 가운데 하나로, 일찍이 정약용이『매씨서평(梅氏書平)』에서 상세히 고증해서 밝힌 것이다. 김매순은 이 책을 통해 이런 사실을 알고 적잖은 충격을 받았다. 주자 심학

(心學)의 근간이 되는 내용까지 위문으로 밝혀지면서 그 충격이 컸지만, 치밀한 고증과 분석 앞에 그 사실을 인정하지 않을 수 없었다. 그러나 꼼꼼히 읽어본 결과 매색의 위문이 당시 많은 문헌에서 베껴 모은 것이어서 내용 자체는 고대 성인의 말씀의 의미를 담고 있다고 평가함으로써 위작의 충격에서 어느 정도 벗어날 수 있었다. 마지막 단락의 말이 그런 뜻에서 한 말이다.

문자에 대한 편견

|

『闕餘散筆』第3(抄)

문자는 언어로부터 생성되었지만, 언어는 시대마다 달랐다. 순우의 시대에는 없던 글자가 상주 시대에는 있었고, 상주 시대에는 없던 문자가 진한 시대에는 있었으니, 시대가 그렇게 만든 것이다. 그 시대에 통용되면 사용하는 법이니, 고금을 두고 따질 게 뭐있으며, 이단과 우리 유학이 무슨 구분이 있겠는가. 분별해야 할 것은 그 글자의 의미가 무엇인가일 뿐이다.

글자의 의미가 무엇인지를 살피지는 않고, 한갓 글자 모양에만 근거해서 옛 것은 옳고 지금 것은 틀렸으며, 저것에 집착해서 이것을 힐난한다면, 돗자리는 반드시 애공의 돗자리여야 하고, 동전은 반드시 태공의 동전이어야 하나, 모습이 양호와 비슷한 것이 공자의 결점이 되는 것은 면치 못했으니, 이 또한 너무 융통성 없지 않은가? '인지(仁智)' 두 글자는 『상서』의 전모(典謨) 문장에는 없지만 공맹 이후로 오덕에 포함되었고, 「탕고」 이전에는 '성(性)'이란 글자가 없었고, 공자 이전에는 '리(理)'라는 글자가 없었지만, 오늘날 학자들은 입만 열면 성리를 읊어대니, 그것을 말한 사람이 모두 성인들이었기 때문에 존중하여 믿으며 다른 말이 없는 것이다.

그런데 가령 상주 시대 이후의 성인들께서 그것을 존중하여 믿지 않았고, 그 사이에 어떤 고증가가 나타나 무지몽매하게 고금을 틀어쥐고서 여탈권을 행사한다면, '인지' '성리' 등의 글자가 전모 문장에 없는 사실도 의논거리가 될 터이니, '진(眞)'이란 글자가 오경에 없다는 것과 무엇이 다르겠는가.

어떤 이가 나에게 말했다,

"고염무가 '진'이란 글자를 싫어한 것은 그것이 노장의 글에 처음 나왔기 때문이니, 우리 유자들은 그 글자를 사용하지 않아야 합니다. 그런데 그대가 경문과 성훈 가운데 옛날에는 없었지만 오늘날 사용되는 것을 인용해서 따지고 드는데, 그 말은 엉성하고 논변은 억지스럽지 않습니까?"

나는 이렇게 대답했다.

"제가 논지를 펼쳐 보겠습니다. 이른바 이단의 글을 우리 유자들이 사용하지 않아야 한다고 하는데, 그것은 글자 모양을 두고 하는 말입니까, 글자의 의미를 두고 하는 말입니까? 만일 글자 모양을 두고 한 말이라면, 저들의 글에 보이는 것은 우리가 사용하지 않아야 할 뿐만 아니라, 비록 우리의 글에 보이는 것 중에 한번이라도 저들이 사용한 것이면 모두 사용을 피해야 하는 걸까요? '도'와 '덕' 두 글자는 노자가 그의 종지로 세운 말이지만, 요임금을 찬양하고 우에게 수여했던 그 글과 같은 의미입니다. 『주역』에서 '적(寂)'을 말했고, 맹자는 '각(覺)'을 말했는데, '적'과 '각'은 모두 불경에도 나오는 말이니, 그대는 어떻게 처리하겠습니까? 만일 우리가 말하는 '적·각'과 저들이 말하는 '적·각'이 글자는 같아도 의미는 다르다고 말한다면, 나 또한 주돈이의 '진'과 노장의 '진'은 글자는 같아도 의미는 다르다고 하겠습니다. '각'은 불교에서 의미를 번안해서 사용한 것인데, 맹자가 말했다고 해서 불교의 것을 답습했다고 의심하지 않습니다. '진'이란 '실'의 의미를 대신한 것인데, 주돈이가 말한 것이 장자를 답습했다고 의심한다면, 시대가 멀고 가까운 것에 따라 평가를 멋대로 하는 것이 아니겠습니까?"

'실사구시(實事求是)'와 '무징불신(無徵不信)'의 실증정신에 근본한 고증학은 송·명시대를 풍미했던 리학(理學)과 심학(心學)의 사변적 논리에 대한 비판으로 등장했고, 이후 청나라 관학의 비호를 받으면서 경전 해석을 중심으로 음운 역사 천문 지리 제도 금석의 분야에까지 그 범위를 확대하며 발전해갔다. 이 가운데 문자와 음운에 관한 훈고(訓詁)는 경전 해석과 관련되어 유학자들에게도 큰 영향을 미치며 유행하기도 했다. 경전을 위시한 고전문헌의 정확한 해석을 위해 문자와 문물제도의 원형에 대한 이해가 선행되어야 한다는 필요성에서 고증학과 훈고학이 긍정적 역할을 수행했던 것은 사실이다.

그러나 남겨진 문헌의 흔적과 파편을 통해 연원을 탐구하는 방법은 종종 이해를 위한 연구보다 연구를 위한 연구로 빠져드는 경향을 보이곤 한다. 이런 경향은 더러 지엽적인 문제에 집착하기도 하고 사실 위주의 실증주의에 빠지기도 하는데, 이런 실증 지상주의는 인문학적 상상력을 제한한다는 점에서 부정적인 기능을 하기도 했다. 이런 면들이 당시 주자학자들의 눈에는 경전의 대의(大義)는 제쳐두고 별로 중요하지도 않은 것에 정신과 힘을 낭비하고 있는 것으로 보였고, 그들로부터 긍정적인 기능에 비해 부정적 기능이 더 크다는 비판을 받게 되었다.

정통 주자학자였던 김매순도 고증학의 긍정적 성과는 수용했지만, 부정적 기능에 대해서는 매우 비판적이었다. 이 글이 그의 입장을 잘 보여주고 있다. 한편 이 글에서 우리는 문자에 대한 김매순의 시각을 볼 수 있는 것도 흥미롭다.

당시 훈고학의 영향을 받은 학자들은 경전의 중요한 개념어들의 연원을 분석하고, 그 개념들의 원형을 밝혀내어 경전의 정확한 해석에 활용하곤 했다. 그러나 고지식한 유학자들 가운데 이단에서 사용한 개념어를 후대 유학자들이 오해해서 혼용하고 있다고 비판하는 자들이 있었던 것이다. '진(眞)'자가 그중 대표적인 것이었는데, 그들은 이 글자를 이단의 글자로 규정하고 유학자들은 이 글자를 사용해서는 안된다는 극단적인 주장까지 있었던 것이다. 이에 대해 김매순은 언어와 문자의 시대성과 가변성을 주장한다.

언어가 시대마다 달랐듯이 문자도 시대마다 새로 등장하기도 하고 다르게 쓰이기도 한다. 또한 문자는 그것이 현재 어떤 의미로 쓰이느냐가 중요하지 그 문자를 누가 처음 사용한 것이냐를 따질 필요는 없다는 것이다. 어떤 문자를 사용하든 그 문자를 사용해서 말하는 사람의 의도가 무엇인지를 아는 것이 더 중요하다는 말이다. 언어와 문자는 의사를 표현하는 수단일 뿐이기 때문이다.

오늘날 우리가 사용하는 언어 문자는 실로 너무 다양하다. 본래 한글에 한자어 외래어 심지어 사이버언어까지 난무하고 있다. 문제는 이 문자들의 개념이다. 지식은 무한히 팽창하는데 그것을 담아낼 우리말이 부족하면 새로 만들어 내거나, 아니면 남의 표현을 그대로 쓸 수도 있다. 그 어휘가 한글이냐 아니냐가 중요한 게 아니라, 그 어휘가 개념을 온전히 담고 있느냐가 중요하며, 그 어휘를 통해 의사 표현이 제대로 되고 있느냐가 중요하다. 사실 어휘는 풍성할수록 좋다고 본다. 다양하고 풍성한 우리 한국어의 외형을 넓히기 위해서는 한쪽만 고집하는 편견에서 벗어나야 할 것이다.

조선 주자학의 성과

|

朱子大全箚疑問目標補序

육경(六經)이 가장 으뜸이고, 사서(四書) 이하로 문장에 도를 담고 있는 글로는 오직 주선생의 『주자대전』이 해당된다고 하겠으니, 학자들은 마음을 다해서 읽어야 마땅하다. 그 책의 권수가 백 권이 넘어 넓고 호방하지만, 의리가 정밀한 것은 물론이오, 당시 논란하고 연구해서 취사한 용사(用事)가 경사자집 사부(四部)를 망라하고 있으며, 한 자 한 구절도 모두 내력을 밝히고 있다. 질문에 대한 답변도 이것과 저것을 서로 맞추어 보지 않으면 살필 수 없는 것이오, 대략 설명하는 시사(時事)도 처음부터 끝까지를 살피지 않으면 밝게 알 수 없는 것이다.

선생의 글에서 귀중한 것은 도이지 문장이 아니다. 그러나 문장에 능통하지 않으면서 도에도 능통한 사람은 없다. 그러므로 선생은 사서에 대해 일생의 힘을 다 쏟아 부었고, 촌음의 노력도 아껴 사용한 결과, 흩어진 쪽지와 자잘한 글들도 걸핏하면 여러 차례 원고를 바꾸곤 했다. 그럼으로써 공자 증자 자사 맹

자의 도를 하늘 가운데 뜬 해와 달처럼 사람들이 훤히 볼 수 있
게 되었으니, 이것이 선생께서 우리 도에 대해 크게 일조하신
것이다.

선생의 도는 공자 증자 자사 맹자의 도다. 선생의 글을 읽는
사람이 선생께서 공자 증자 자사 맹자의 글에 공력을 쏟으셨던
만큼 힘을 쏟지 못한다면 그 도를 높혔다고 말할 수 있을까? 퇴
계선생의 『도산기의(陶山記疑)』가 지어진 것이 이 때문이다. 그러
나 이 책은 단지 『주자서절요(朱子書節要)』에 근거한 것이고, 또
한 연경으로부터 구입하는 것이 많지 않아 참고한 서적에 한계
가 있어 소략함을 면치 못했다. 그래서 우암옹(尤庵翁 : 송시열)의
『주자대전차의(朱子大全箚疑)』가 지어지게 되었는데, 이 책은 두
루 갖추기는 했지만 미처 책이 완성되기도 전에 옹께서 초산(楚
山)에서 죽는 화를 당했다. 우암옹의 부탁을 받고 이 일을 끝낸
것이 바로 우리 집안 문간공(文簡公 : 김창협)의 『주자대전차의문
목(朱子大全箚疑問目)』이 그것이다. 선생의 서간이 우리나라로 전
래된 것이 또한 삼백년인데, 전후 세 분의 학자를 거친 뒤에야
문장이 펼쳐지고 도가 드러나, 비로소 남송 순희(淳熙) 연간의 사
서(四書)와 비견할 수 있게 되었으니, 어찌 그리도 어려운 일이었
던가?

대개 태고적 세상이 열린 때로부터 삼대의 예악에 이르기까
지 한 시대에 이루어진 것은 없고, 홀수와 짝수로 괘를 그은 뒤
로 두 편의 단전(彖傳)과 상전(象傳)이 이루어지기까지 한 사람에

의해 완료된 것도 아니다. 앞서 시작한 자가 근본이 있었기 때문에 뒤에서 기다리는 자가 무궁할 수 있었던 것이다. 다만 창안(創案)할 때와 연습(沿襲)되는 것을 따져보면 분명 어렵고 쉬운 차이가 있으며, 처음 때와 마칠 때를 말하자면 각기 성기고 치밀한 형국이 있는 것 역시 자연스런 형세다. 그러나 문목(問目)이라고 하는 것은 본래 차의(箚疑)를 도와 완성시키는 것이므로, 문간공께서 일찍이 차의가 통용되면 문목은 낼 필요가 없다고 하셨으니, 대개 더 나은 것을 추천하여 스스로를 감추시고자 했던 것이다. 그렇지만 그것은 차의가 통용되지 않았을 때의 말일 뿐이었고, 지금은 차의가 통용되자 문목은 태반이 빠뜨려졌으며, 멋대로 고치고 옮겨지기도 해서 어떤 것은 옛 설명을 그대로 두는 것만 못한 것도 있으니, 독자들이 오래 전부터 우려하고 있다. 이런 차에 문목이 나와 도와주지 않으면 선생의 도가 끝내 드러나지 못할 것이오, 우암옹과 문간공께서 서로 부탁하고 이어받은 정성스런 뜻이 세상에 알려지지 못할 것이다. 앞의 것에 얽매여 변화하지 못하면 후인으로서도 책임이 있는 일이다.

나는 자신의 역량을 헤아리지 못하고 종형(김근순)과 함께 문간공의 수고(手藁)를 가져다 차의에서 빠뜨려진 것들을 취해서 별도로 한 책을 만들고 사이사이 내 생각을 덧붙여 한 두 곳 보충해 두었다. 또 원고의 앞부분은 사라져 전하지 않고 끝부분도 결여되어 이어지지 못해서, 견문한 것을 감히 주워 모아 대략 보태어 매워두니 모두 24권으로 『차의문목표보』라 이름하였다.

잘 베껴서 통행토록 하면 동호인들과 공유할 수 있을 것이다. 비록 우리 문학과 우리 도에 대해 감히 끼어들 처지는 못 되지만, 그래도 우암옹과 문간공이 서로 부탁하고 이어받은 정성스런 뜻이 이 책으로 인해 세상에 알려진다면, 기(杞)와 송(宋)나라의 문헌을 군자가 더러 취한 경우처럼 될 것이라고 본다.

 이 글은 자신이 편찬한 『주자대전차의문목표보』(24권 책)라는 책에 붙인 서문이다. 『주자대전』(주희) −『주자대전차의』(송시열) −『주자대전차의문목』(김창협) −『주자대전차의문목표보』로 이어지는 제목만 보더라도 이 책이 어떤 계보를 통해 이어져오며 완성된 것인지 짐작케 한다.

조선 주자학이 16세기 퇴계 이후로 발전되어 거의 조선 사회를 지배하는 사상이 되었지만, 사실 주자의 사상을 제대로 이해한 사람은 과연 얼마나 되었을까? 자신있게 누구라고 평가해 줄만한 사람은 많지 않겠지만, 이는 당대 조선시대에도 마찬가지였던 것으로 보인다. 그러나 김매순은 조선에 주자학이 제대로 자리잡게 된 것에 이황 −송시열 −김창협의 공적을 높게 평가하고 있다. 다른 무엇보다 이들에 의해 주자 문헌이 제대로 편집 정리되었기 때문이었다.

주자 사상의 이해를 위한 가장 중요한 문헌은 『주자대전』 안의 서간문(『주자서』)과 『주자어류』다. 이 중 주자의 서간문은 수많은 문도들과 주고받으며 자신의 사상과 학문 등에 관한 생각들을 토론한 것이다. '술이부작(述而不作)'의 전통을 따라 따로 저술을 남기지 않았던 주자의 학문세계가 오롯이 여기에 담겨 있는 셈이다. 이것이 전통이 되어 후대의 학자들도 문도들과 숱한 서간을 주고받으며 학술 토론을 벌였고, 이것을 문집에 착실하게 정리해 두게 되었다. 『퇴계서』가 가장 대표적이다.

그러나 이런 문헌의 편집 정리가 그리 간단하고 쉬운 일이 아니다. 그 사상가의 행적과 사상을 제대로 파악하고 있어야 하며, 그것을 편집하고 교정할 수 있는 학식과 안목이 없으면 되지 않는 일이다. 서로 모순되거나 불필요한 내용은 조절해야 하고, 내용의 체계도 세워야 하는 일이 쉽지 않은 것이다. 그래서 문헌의 편찬은 원저자의 학문과 사상을 정리하는 것이지만, 동시에 편찬자의 학문세계를 보여주는 것이기도 하다. '술이부작'의 '술(述)'=편집, 이것은 동양의 오랜 저술전통의 하나다.

한학의 성과와 폐단

|

答丁承旨

진시황이 분서한 뒤로 육경이 손실된 것을 어렵게 주워 모으고, 거기에 해설을 붙여 옛 성인께서 남기신 말씀이 땅에 떨어지지 않게 한 것은 모두 한나라 유학자들의 노력 덕분이었으니, 그 공로가 어떻게 작다고 하겠습니까. 다만 도리의 큰 근원에 그렇게 밝지 못했기에 더러 참위설(讖緯說)로 흘러들거나 도수학(度數學)에 빠졌으며, 학자로서 수신하는 절실한 방법이나 제왕으로서 세상을 경륜하는 원대한 계획과 같은 것은 미처 발휘시키지 못했습니다.

그러나 송나라 염계(濂溪)와 낙양 지역의 여러 학자들이 앞뒤로 이어 나타났고, 주자가 그것을 집대성함으로서 비로소 천년 동안 전해지지 않았던 실마리를 찾게 되어, 감정을 다스려 본성을 회복하는 것으로 성학(聖學)의 기초로 삼고, 궁리와 격물로 치국평천하의 근본으로 삼았으며, 마음을 하나로 모아 흩어지지 않게 하는 것을 경(敬)이라 하고, 도리에 맞아 사심에 없도록 하는 것을 인(仁)이라 하게 되었습니다. 의미를 설명하는 것이 진실하고 상세하며, 상고해서 질의하는데 의심이 없어, 일상적 도리를 어기면서 억지로 이치에 끼워 맞추려는 잘못된 방법을 비판함으로서 왕도와 패도의 학술이 밝혀졌고, 천하통치의 지극히 합당한 논리에 대한 그릇된 해석을 분변함으로서 좋아하고 미워하는 감정이 바로잡히게 되었으니, 잘못된 것을 꺾어 없애 깨끗이 씻어 버리고, 옳은 것은 소통시키며 드러나게 한 공로가 우 임금이 치수한 공로보다 못하지 않다고 해도 좋을 것입니다.

그러나 앞서 한나라 유학자들이 다리를 놓지 않았더라면 정자나 주자처럼 명석한 학자라도 어떻게 끊어진 뱃길을 훌쩍 뛰어넘어 곧장 진원지에 도달할 수 있었겠습니까. 그래서 주자께서도 한나라 유학자들을 항상 존경해서, 주석을 붙인 여러 경전들 가운데 예악과 명물과 문자의 독음과 형태에 관련된 것들은 모두 그들의 훈고를 따랐으며, 아주 부득이한 경우에만 비로소 자신의 견해를 사용하곤 했습니다. 그리고 그들의 견해를 따를지 어길지 취할지 버릴지 결정할 때에는 반드시 조심스럽게 신중을 기하며 논리가 뛰어나고 의미가 분명하도록 했을 뿐이지, 경솔하게 선학들을 비난하거나 필설을 함부로 놀리지 않았습니다. 그의 재능이 저렇게 높고 그의 마음이 이렇게 공평하니, 그의 말이 분명 믿을 만한 것은 다른 사람들이 쫓아올 수 없을 정도입니다.

그러나 사람의 총명함은 한계가 있고 의리는 무궁한 법이므로, 천고의 오랜 사업은 시대를 초월해서 공유하는 것이 마땅합니다. 그러니 동질이면 좋아하고 이질적이면 싫어해서 오직 내 말을 어기지 않도록 하라는 것이 어찌 주자의 본뜻이었겠습니까. 참으로 후대의 학자들로 하여금 그 당시의 마음을 잘 깨닫고 그 당시의 공부방법을 활용케 하며, 의리를 익혀 밝히는 데에 뜻을 두되 다른 잡념에 빠지지 않게 한다면, 옛 주석을 높이 받드는 것도 나쁜 일도 아니며, 오직 새로운 학설만 받아들이겠다는 것도 역시 죽은 방법일 것입니다. 공정하게 듣고 보며 오직 선(善)만을 본받는다면 어느 누군들 안된다고 말하겠습니까.

그러나 명·청시기 이후 유학자들 가운데 자신의 재기(才氣)를 섣불리 믿고 전심으로 주자를 섬기려하지 않는 자들을 가만히 살펴보면, 대개 모씨(毛氏)와 정현(鄭玄)을 추켜세우면서 스스로 고아하다 여기고, 주자의 『장구』와 『집주』를 과거공부의 속된 학문으로 취급하며 오만하게 내려다보는 것을 고상한 취미로 여기니, 이는 마음과 안목이 벌써 편협하여 공평치 못한 일입니다. 이러고서야 어떻게 텅 비어 밝은 마음을 보전해서 금과 쇠, 옥과 돌을 오차 없이 명료하게 분변할 수 있겠습니까. 종주가 될 만한 학자는 없고 도학도 분열되었지만, 육상산과 왕양명은 논외로 두더라도 오직 이 한 가지 병폐가 매우 심각하니, 오늘날 뜻있는 선비라면 깊고 신중하게 생각해보아야 합니다.

19세기 조선 학술사에서 주목할 일의 하나가 한학(漢學)과 송학(宋學)의 논쟁이다. 주지하다시피 조선 학계를 이끌어 온 것은 성리학이다. 물론 심성리기(心性理氣)와 같은 형이상적 문제에 집착하면서 성리학은 공리공담을 일삼는다는 비판을 받았지만, 본래 성리학은 자연과 인간사회에 대응하는 주체적 행위로서 의리(義理)를 깨닫고 실천하는 것을 본령으로 삼았다. 이학문이 송나라의 도학자들에 의해 수립된 것이어서 당시 송학이라고 불렀던 것이다.

이 송학은 오늘날 신유학(新儒學)이라고 불리기도 하는데, 그것은 이전 한나라와 당나라 때의 유학에 비해 새로운 시각과 이론으로 유학의 학문체계를 정립했다는 의미에서 붙인 것이다. 특히 한나라 때 경학이 발달하면서 금문학과 고문학이 양립하여 발전했는데, 이 가운데 경전의 훈고와 해석연구에 치중한 고문학이 후한시기를 전후하여 발전하면서 한대 학문의 중요한 경향으로 부상하게 되었다. 이 고문학의 전통이 이후 명·청시대에 고증학과 훈고학으로 발전되었고, 이런 학문을 대체로 한학이라고 불렀다.

조선후기에 청나라로부터 고증학이 유입되어온 뒤 차츰 세력을 넓히면서 기존 주자경학의 세계에 도전장을 내밀곤 했는데, 완고한 도학자들은 이를 사문난적으로 단죄하며 추호도 용납하지 않았지만, 19세기의 개명된 일부 주자학자들은 이를 송학에 대한 한학의 학문적 저항으로 이해하고, 감정적인 대응이 아니라 냉정하게 학문적으로 대응하고자 했다. 한학의 전통을 적극 수용했던 정약용에게 보낸 김매순의 위의 답장 편지에서 그런 태도를 확인할 수 있다.

　김매순과 정약용은 노론과 남인이라는 서로 적대적인 당색의 출신이며, 따라서 학문적 성향이나 계통도 전혀 달랐다. 그러나 어떤 지인을 통해 유배에서 풀려 고향으로 돌아온 정약용과의 학문적 교류가 이루어지게 되었는데, 서로의 학문적 경지에 깊은 존경심을 가졌던 것을 다른 편지에서도 읽을 수 있다. 당시 세도정권의 출현으로 노론계층이 분열되면서 노론층의 인사들이 남인이나 소론계의 인사들과 접촉하는 일이 종종 있었고, 특히 정치적 이해관계에서 자유로운 문인 학자들 사이에서 좀 더 자유롭게 소통될 수 있었다고 본다.

일본 고학에 대한 비판

|

題日本人論語訓傳

　　일본의 습속은 기술이 정밀하고 전쟁에 익숙하지만, 문학은
뛰어나지 못하다. 그러나 명말 이후로 차츰 독서를 통해 경학박
사로 불리는 사람이 있다고 한다. 근래에 다자이 슌(太宰純)이 지
은 『논어훈전(論語訓傳)』[1]을 구해봤는데, 대개 공안국과 황간과
형병의 해설을 조술한 것이었다. 그 나라에서 오규 선생[2]이라고
부르는 이를 복고학파의 종주로 삼고, 정주학을 비판하기에 여
력이 없다. 그의 학문은 오로지 객관 사물에 주력하지 마음 내
면에서 생각해 보려하지 않는다. 그래서 인(仁)을 말할 땐 반드
시 '안민(安民)'으로 해석하고, 예(禮)를 말할 땐 반드시 '의제(儀制)'
로 해석하며, '도(道)'를 말할 땐 반드시 '시서예악(詩書禮樂)'으로

---

1 『논어훈전』: 다자이 슌(太宰純, 號가 春臺)의 『논어고훈(論語古訓)』과 『논어고
　훈외전(論語古訓外傳)』이 우리나라에 소개되었다.
2 오규 선생: 오규 소라이(荻生徂徠). 1666~1728. 일본 에도 출신으로 본성은
　모노노베(物部), 이름은 소쇼(雙松)이며, 자는 시게노리(茂卿), 호가 소라이(徂
　徠) 또는 겐엔(護園)이라 불렸다.

해석한다. 주자 『집주』의 "본심전덕(本心全德)"이나 "천리절문(天理節文)" "자연본체(自然本體)" 등에 대한 풀이를 보면 반드시 불교의 학문이라고 극단적인 표현으로 비난하는데, 그의 논리가 조잡하고 황당하기가 대개 이와 같다.

더욱 이치에 어긋나는 말 가운데, "사욕을 깨끗이 없애면 천리가 내 안에 흐르게 된다고 하는데, 이것은 불교에서 번뇌를 끊고 정각(正覺)을 수행하는 가르침이다. 마음에 사욕이 있는 것이 이치다. 만약 이것을 깨끗이 없애면 사람이 아니다."는 말도 있고, 또 "기질(氣質)이 있으므로 성(性)도 있다고 하는데, 이는 송나라 유학자들이 맹가(孟軻)의 틀린 설명을 믿고 인성을 본래 선하다고 여겨 사람은 모두 성인이 될 수 있다고 말했던 것으로, 이것은 부처의 생각이다. 대개 학문이란 선을 실천하고 악을 제거함으로서 성인에 이르는 것이니, 인성은 본래 선한 것이 아니며, 욕심도 없앨 수 없는 것이고, 성인도 사람들이 될 수 있는 것이 아니다."는 말도 있는데, 저가 학문을 하는 까닭은 무엇을 위해서이며, 저가 머리를 숙여 성인의 책에 주석을 하는 것은 또 무슨 의도에서일까? 정자·주자를 비난하는 것으로 부족해서 맹자에게까지 이르고 있으니, 해괴하기가 너무 심하다고 본다.

그는 또 "송나라 유학자들이 출사하지 않는 것을 고상하게 여기는 것은 곧 노장사상에서 방외(方外)를 추구하는 도리다."고 하는데, 이 역시 정자와 주자를 겨냥해서 말한 것일 뿐이다. 일본 서적을 내가 많이 본 것은 아니지만, 가령 그들의 학술이 모두 이와 같다면 참으로 없는 것만 못하다고 본다. 남쪽 변방의 무지한 자들이 위대한 도를 들어보지 못하고, 더듬대고 조잘대며 한쪽 귀퉁이에서 멋대로 울어대고 있는데, 진실로 이것을 깨우쳐주는 자가 없으니, 나는 이 점이 은근히 걱정스럽다.

우리나라는 풍기가 경박해서 선비라고 해도 참된 견해가 적고, 다른 나라에 비해 새롭고 기이한 것을 아주 좋아하는 편이다. 다행스럽게도 여러 성왕들께서 유학을 숭상하여 도를 중시하고, 많은 선생들께서 각고의 노력으로 여신 데 힘입어 오늘까지 유지될 수 있었지만, 수십 년 이내로 무너져 없어질 것이다. 경화세족이나 호협한 사람들 가운데 법도를 가볍게 여기며 입담과 글재주가 있는 자들이 결국 전원에 은둔하는 것을 큰 속임수로 여기더니, 눈썹과 소매처럼 사방으로 퍼져 중외가 모두 휩쓸리고 있다. 바로 이런 때에 다자이의 책이 바다를 건너 들어왔으니, 그래도 정신과 의기가 감응되지 않겠는가. 이곳은 아홉 종족이 모여 살던 땅인지라 문명이 오래 되었으니, 밝았다가 다시 어두워지는 것이 이상한 일도 아닐 것이다. 그러나 백성들이 떠내려가고 고을이 잠길 수도 있으니, 개미구멍에서 흘러나오는 물이라고 소홀히 여겨서는 안될 일이다.

 중국 청나라에 고증학파와 조선후기에 실학파가 있었다면, 일본 에도막부 시대에는 고학파(古學派)가 주자학의 절대권위에 도전하는 학문세계를 개척하고 있었다. 이 고학파는 이토오 진사이(伊藤仁齋, 1627~1705)로 대표되는 고의학파(古義學派)와 오규 소라이(荻生徂徠, 1666~1728)의 고문사학파(古文辭學派)로 나뉘었는데, 이 글에 소개된 다자이 슌다이(太宰春臺, 1680~1747)는 오규 소라이를 이어 일본 고학을 발전시킨 인물이다. 이들은 주자학의 주정적 관념론의 한계를 지적하고, 인간성을 긍정하는 인성론과 정치적 제도개혁을 통한 탈권위적 학술운동을 주도했다. 중국 명말청초의 의고파와 고증학파의 영향을 받았던 것으로 보인다.

임진란 이후 조선에서 일본으로 많은 학술정보가 전해졌지만, 일본의 학술정보가 조선으로 전해진 것은 이들 고학파의 문헌이 처음인 것으로 보인다. 일본 통신사행을 통해 전래되었는데, 이토오 진사이의 『동자문(童子問)』이 기해통신사행(1719) 때, 오규 소라이의 『논어징(論語徵)』과 『오규소라이문집』이 계미통신사행(1763) 때 들어왔다는 기록은 있으나, 다자이 슌다이의 『논어고훈(論語古訓)』과 『논어고훈외전(論語古訓外傳)』은 구체적으로 언제 전래되었는지 알 수 없다. 일찍이 정약용이 『논어고금주』에서 이들 학설을 수용함으로서 부분적으로 알려지게 되었다.

김매순이 다자이의 저술을 보게 된 것은 아마 정약용의 소개에 의한 것이었다고 본다. 그는 인성론의 문제에서 인간의 욕구를 긍정하는 발언과 맹자의 성선설에 대한 반론에 상당한 거부감을 보이며, 일본의 학풍을 우려할 뿐 아니라 이런 책이 조선에 전래되어

오는 데에 대한 경계심을 보이고 있다. 정약용도 「발태재순논어고훈외전(跋太宰純論語古訓外傳)」에서 다자이 저술의 문제점을 신중하게 지적한 바 있었지만, 그래도 그는 학술토론이 자유롭게 펼쳐지는 일본의 문화적 분위기를 긍정적으로 평가했다. 어쩌면 조선 학계에 이런 분위기를 일깨우려는 목적에서 김매순에게 이 책을 소개했을 것으로 생각된다. 김매순은 보수적 시각에서 거부감을 보여주고 있지만, 그래도 새로운 학설을 알게 되는 좋은 기회가 되었을 것이다.

불교의 공부법

|

書四十二章經後

부처가 설법한 것 가운데 경전으로 일컬어지는 것이 아주 많지만, 『사십이장경』이 그 중 최초의 진본으로서 『능엄경』『원각경』같이 『장자』와 『열자』의 내용을 표절한 것과는 비교할 것이 못된다. 그래서 주자께서도 그것이 이들 경전보다 더 낫다고 하셨다. 이제 그 책을 읽어보니, 오로지 선을 행하고 악행을 고침으로서 도의 진원을 깨닫기를 권하고 있다. 탐욕을 버림으로서 악행을 고치는 발판으로 삼고, 굳건히 정진함으로서 선을 행하는 단계로 삼는다. '완급득중'(緩急得中 : 완급의 적절함을 얻음)은 '물망물조'(勿忘勿助 : 잊지도 않고 조장하지도 않음)와 유사하고, '수증양망'(修證兩忘 : 수행과 깨달음을 모두 잊음)은 '선난후획'(先難後獲 : 어려운 과정을 거쳐 인을 얻음)과 흡사하다. 비록 그들이 말하는 '도'가 우리 것과 같지는 않지만, 그 공부법을 살펴보면 애당초 차이가 없고, 본말이 두루 갖추어져 근거할 만한 하니, 주자가 청초당(淸草堂) 스님의 공부법을 고양이가 쥐를 잡을 때 집중하는 자세로 설명[1]

한 것과 견줄 것이 아니다.

기축년(1829) 여름, 용산(蓉山)에 머물 적에 장마비가 내려 소일할 것이 없었다. 그 때 종인(從人)이 『진체비서(津逮秘書)』를 빌려왔는데 이 경전이 들어있었다. 가져다 여러 차례 읽어보니 어느덧 정신이 청량해지는 것이 느껴졌다. 이석장(李碩章) 군을 시켜한 본을 베껴 적게 해서 상자 속에 두었는데, 구절과 장이 뒤섞인 것을 바로잡아 사십이장의 옛 모습을 복원해 놓았다.

유학과 불교, 이 둘은 서로 상극되는 사상으로 알고 있다. 그러나 송대 성리학이 불교의 영향을 받은 것이라는 문제제기가 있었고, 특히 심학(心學)의 논리가 불교의 유심론(唯心論)과 맥이 통하는 면도 있어 더욱 의구심을 더하게 되었다. 그러나 김매순이 불교와 불경에 대해 가지고 있는 입장을 통해 그 관계를 어느 정도 풀어볼 수 있다.

그는 불교의 심론과 유학의 심학의 관계에 대해 이렇게 말한 적이 있다.

유학이 희미해지자 불교의 선학이 일어났다. 대개 심성이 사람의 근본이 되는 것은 우주 간에 자연스럽게 상존하는

---

1 주희, 『회암집(晦庵集)』 권71 「우독만기(偶讀謾記)」.

이치다. 그 학문은 비록 사라져도 그 논설은 사라지기 어려워, 여기에 있지 않으면 반드시 저기에 있기 마련이다. (중략)

그렇다면 선학에서 말하는 '본심을 알고 본성을 본다'는 것이 논설은 비록 잘못되었지만, 아무 근거 없는 말이라고 할 수는 없다. 그들의 논설이 미친 듯이 제멋대로 사람을 현혹하고 어지럽히게 된 것은 물론 한나라의 유학자들이 심성을 강론하지 않은 탓이다. (중략) 심성을 강론하지 않자 불교 선학이 참된 것으로 가탁하더니, 폐단이 공허하고 적멸한 지경에 이르렀다. 공허하고 적멸한 것은 배척할 수 있지만, 심성에 관한 논설은 없앨 수 없다. 오늘날 선학이 밉다고 심성에 관해 말하는 것을 피한다면, 양주와 묵적이 밉다고 인의에 관해 말하는 것을 피하는 것과 무엇이 다를까? (『궐여산필』 제3)

심성에 관한 논설을 불교에서 말했건 유학에서 말했건 그 자체가 중요한 게 아니라, 심성론이 학문의 근본이며, 문제는 그 논의가 올바르게 밝혀졌느냐가 중요하다는 말이다. 어느 누가 먼저 거론했건 간에 옳은 것이면 따라야 하며, 잘못된 것이면 바로잡아야 한다는 그의 학문자세를 보여준다. 그래서 그는 불교에 대해 매우 비판적이었지만, 불교가 지닌 장점은 수용하는 열린 자세를 가졌다. 위의 글에서도 탐욕을 버리고 선(善)을 수행하는 불교의 공부법에 깊은 관심을 보여주고 있다. 그렇다고 김매순의 학문이 불교의 영향을 받았다고 말할 수는 없는 것이다.

제5부
진실한 견식, 진실한 문장

진품 경술과 정맥 문장

|

答李富平戚丈

저는 평범한 재주에 모자란 성품이어서 심오한 진리를 찾아내고 원대한 것을 이루는 일에는 애당초 그런 인물이 못되었습니다. 다시 약관 이전에는 과거공부에 몹시 현혹되어 책을 읽고 글을 짓는 것이 태반이 과거에 관련된 것이었지 다른 것이 있는 줄 모르고 지냈습니다. 과거에 급제한 뒤에야 여태껏 일삼던 것을 돌이켜 보니, 의존할 것이라곤 없는 허무맹랑한 것이었습니다. 곰곰이 안으로 반성해 보니 문자를 아는 것이라곤 거의 없으니, 이로부터 부끄럽고 한스런 마음이 일어났습니다. 그래서 사서삼경(四書三經)을 가져다가 두어 번 처음부터 다시 읽어보고, 또 사서(史書)와 자집류(子集類)와 염락(濂洛 : 성리학) 서적들을 가져다가 서로 비교하며 읽으며 대략 대의를 섭렵했습니다. 비록 심오하게 터득한 것은 아니지만 입과 눈을 거치고 마음과 정신이 융합하면서 전날에 비해서는 다른 바가 있었으나, 그래도 노력을 다한 것은 아니었습니다. 또한 벼슬생활에 쫓겨 어느덧 오늘까지 이르도록 총명한 지기(志氣)가 날로 감소하고 있는 데에 대한 탄식도 하고 있습니다. 평생 기량이란 이것이 전부로서 털 끝만큼의 가식도 없습니다. 제가 이러한 사람인데도 문학으로 칭송한다면 왕유(王維)가 단 하루 천하를 속였던 것에 가깝지 않겠습니까? 하물며 여기서 더 나아가 경술문장(經術文章)으로 이름 한다면 거의 세상을 저버리는 것이니, 어떻게 감히 입을 열어 따질 수 있겠습니까? 그러나 이미 외람되게 하명하시어 어리석은 이의 말을 듣고자 하시니, 붓대롱으로 들여다 본 무늬에 불과한 저의 좁은 소견을 드러내어 한번 질정을 받는 것도 무방하리라 생각됩니다.

하교하신 말씀 가운데 경술문장으로 본말의 소재처를 밝혀 보이되, 결국 견식에 중점을 두라고 하셨습니다. 대개 경술은 근본이오, 문장을 말단입니다. 비록 저처럼 어리석은 사람도 벌써 책을 통해 가르침을 받은 내용입니다. 그러나 견식에 대해서는 경술이 참되면 문장도 역시 바루어져 밝고 훤해지며 어떤 문체에서도 옳게 될 것이니, 이것을 버리고 달리 무엇을 토론할 게 있겠습니까. 예로부터 인물들 가운데 경술문장으로 자명하는 자들이 있었지만, 끝내 견식에서 어긋나곤 했습니다. 역시 그것도 경술이 진품이 아니었던 것이고, 문장도 정맥이 아니었던 때문입니다. 그러나 문장이 차지하는 영역은 비교적 넓은 편이어서 한마디로 말할 수는 없습니다만, 이른바 경술의 경우는 마치 궁궐 남문의 황도(皇道)로부터 한 발짝이라도 어긋나면 목적하는 곳에 도달할 수 없는 것과 같습니다. 그래서 이 자리를 빈 자리라고 여겨 도둑이나 정조 없는 무리들로 하여금 기어올라 차지하게 했다가 결국 마지막에 일그러지고 만 것을 견식 하나에 따로 책임을 지운다면, 단지 경술을 낮춰 보아 보잘 것 없는 것에 섞어 둘 뿐만 아니라, 견식을 높이 들어올려 허공에 빠지게 하고 말 것입니다. 글을 지으실 적에 혹 다시 헤아려보시지 않겠습니까? 학문을 익히고 토론할 때에는 의심나는 것을 감추지 않는 법이어서 감히 이런 말까지 하고 말았으니, 송구스럽기 그지없습니다.

 김매순은 착실한 주자학자이자 개명된 사고를 지닌 지식인이었는데, 당시 다른 도학자들의 지극히 보수적인 면과 달리 열린 사고를 가질 수 있었던 것은 그의 문학적 자질과 소양 때문이었다고 본다. 사실 그는 당대와 후대에도 문인으로서 더 이름이 알려져 있었고, 그 자신도 문학과 경학을 아우른 고전산문문학의 재현에 혼신의 노력을 기울이고 있었다.

이 글은 이희문(李羲文)이 보낸 편지에 답하는 글인데, 앞서 그는 이희문으로부터 자신의 문장에 대해 '경술문장(經術文章)'이란 평가를 받았던 것을 알 수 있다. 그러나 이희문은 김매순에게 여기에 만족하지 말고 경술과 문장을 통해 한 차원 더 높이 견식(見識)을 쌓는 일에 노력할 것을 권유했던 모양이다. 일단 김매순은

이 말에 깊은 공감을 표명한다. 자신도 경술문장으로 자부하면서
도 종종 견식이 어긋나있는 사람을 보았다는 것이다. 그것은 결국
그 사람의 경술이 진품이 아니고, 문장도 정맥이 아니기 때문이라
고 진단한다. 공부의 근본이 제대로 되어있지 않고, 문장공부도
올바르게 되지 않았기 때문이라는 말이다. 다만 경술을 벗어나 견
식이 존재할 수 있는 지에 대해 의문을 제기함으로서, 그는 진품
경술(眞品經術)과 정맥 문장(正脈文章)에 기반한 견식만이 허황되지
않을 것이라고 강조한다.

이같이 허황되지 않은 올바른 견식을 그는 '진실견식(眞實見識)'
이라고 표현한 바 있다. 조카 김인근(金仁根)에게 보낸 편지의 내
용이다.

> 언어로 표현되는 것이 성정(性情)에서 벗어나면 제대로 얻
> 을 수 없다. 모름지기 진실한 견식이 있어야 진실한 문장이
> 있는 법이다. (「답사심(答士心)」)

성정은 인간의 주체적 사고다. 문장은 여기에서 나온다. 그러나
주체적 사고라고 해서 항상 옳은 것일 수는 없고, 옳지 못한 사고
에서 나온 문장은 좋은 글일 수 없다. 오직 진실한 견식이 담긴 주
체적 사고로부터 참된 문장이 지어질 수 있다는 것이다. 그의 학
문관에 비춰 말하자면, 그의 진실한 견식이란 근본과 실천을 갖춘
공부와 비판적 성찰을 통해 갖춰지는 것으로 볼 수 있다.

우리 주변에도 많은 독서와 경험으로 아주 해박한 지식을 가진 사람들을 가끔 볼 수 있다. 그러나 그런 사람들의 말과 생각을 들어보면, 적잖이 편협된 시각과 불합리한 주장을 하곤 한다. 심지어 언론매체의 칼럼이나 논설을 봐도 그렇다. 나름대로 식견을 갖고 말하고 글을 쓰겠지만, 결국 문제는 식견의 진실성 여부에 있다. 진실성은 사리사욕이 개입되지 않은 정직함과 실천적 비판정신을 갖춘 합리성에서 확보될 수 있는 것이다.

시대에 따른 문장의 변화

|

三韓義烈女傳序

문장을 짓는 본질이 세 가지가 있다. 첫째는 간결함, 둘째는
진실함, 셋째는 정직함이다. 하늘을 말할 때는 하늘이라고 표현
할 따름이고, 땅을 말할 때는 땅이라고 표현할 따름이니, 이것이
간결함이다. 나는 것을 두고 물에 잠긴다고 할 수 없고, 검은 것
을 두고 희다고 할 수 없으니, 이것이 진실함이다. 옳은 것을 옳
다하고 틀린 것을 틀렸다고 하는 것이 정직함이다.

그러나 마음의 미묘한 생각은 글을 빌려서 드러나기 때문에,
글이란 자기 생각을 펼쳐 남에게 알리는 것이다. 그래서 간결한
말로 표현하기에 부족하면 번잡한 글로 펼치게 되고, 진실된 말
로 표현하기에 부족하면 다른 사물에 가탁하여 비유하게 되며,
정직한 말로 표현하기에 부족하면 뜻을 뒤집어 깨우쳐주기도 한
다. 번잡해도 생각이 펼쳐진다면 표현이 비리한 것을 꺼리지 않
고, 가탁해도 비유해서 일러 준다면 기이한 표현을 싫어하지 않
으며, 뜻을 뒤집되 깨우쳐 준다면 격한 표현도 병되게 여기지

않는다. 그러므로 이 세 가지 방법이 아니면 문장의 용도가 제대로 이루어지지 않고, 문장의 본질도 홀로 우뚝 설 수 없다.

요임금이 말하길, "넘실대는 저 홍수가 이제 재앙이 되어, 여기저기 산을 삼키고 언덕을 덮치며, 흘러흘러 하늘에 닿네."라고 했다. "아! 홍수로다."하고 말하면 충분한 것을 이미 넘실댄다고 말해 놓고는, 또 여기저기를 삼키며 흘러흘러 간다고 표현했다. 구설로도 지나친데 손과 눈이 돕는 격이니, 이 또한 너무 비리하지 않은가. 『시경』에 "비록 일곱 번 베틀에 오를지라도, 비단을 짤 수 없어라. 밝은 저 견우성은 수레를 끌지도 못하네."라는 시가 있다. 별이 베를 짜지 못하고 수레를 몰지 못한다는 사실은 어린아이도 아는 것이니, 이 역시 기이한 표현이 아닌가. 재여(宰予)가 부모상의 기간을 줄이고자 했을 때, 공자께서 "너가 편하다면 그렇게 해라."고 하셨는데, 만약 재여가 그 말을 믿고 기간을 줄였다면 어쩔 뻔 했겠는가. 이 또한 너무 격한 말이 아닌가.

그러나 삼대 시기 이전에는 사람들이 아직 순박한 심성을 잃지 않았으며, 게다가 성인은 중화(中和)의 덕을 완성한 분들이다. 그래서 말을 하고 글을 쓸 때, 비리해도 뜻을 펼치는데 적합하여 비설(卑褻)한 지경으로 흐르지 않았으며, 기이해도 비유하기에 충분해서 궤탄(詭誕)한 지경에 빠지지 않았고, 격해도 깨우쳐 줄 수 있어서 비뚤어지는데 떨어지지 않았다. 소리에 비유해 보자. 크게는 번개나 천둥소리부터 작게는 파리나 모기소리까지 모두 세어보면 어찌 천만 가지 뿐이겠는가마는, 선왕께서 음악을 만드실 때 음정은 다섯 가지에 불과했고, 음률도 열두 가지에 불과했으니, 음절을 취하여 그 중 적합한 것을 사용했던 것이다.

신성한 분들이 돌아가신 뒤로 도가 감춰지고 정치가 어지러워져, 세상의 변화를 이루다 말할 수 없을 지경이 되자, 장주와 굴원과 태사공과 같이 말에 뛰어난 선비들이 모두 초야에 묻혀 죽을 때까지 곤혹을 겪었으니, 슬픔과 근심과 울분이 가슴에 가득해도 표현할 길이 없었다. 그래서 그들의 글을 읽어보면 종종 긴 노래 끝에 통곡하는 듯하고, 깔깔 웃으며 꾸짖어대는 것 같다. 참으로 자신의 뜻을 울려대는 일이라면 비설하고 궤탄스럽고 비뚤어진 말이 입에서 튀어나와도 절제할 수 없는 법이다. 그래서 그 글이 고상하기가 더러 경전에 버금가지만, 총화(叢話)나 패설(稗說)이나 배우의 잡설 같은 비루한 글들이 또한 여기에서 비롯되었다고도 하겠다.

아! 무엇이 그렇게 만들었을까? 삼물(三物 : 德·行·藝)이 위로부터 시행되지 못하고, 사과(四科 : 德行·言語·政事·文學)가 아래에 알려지지 못해, 마치 강물이 터져 사방으로 넘쳐흐르는 것과 같이 방자하게 멋대로 해도 막아 다스릴 수 없었다. 비록 우임금이 다시 나타나셔도 그것의 본성을 따라 흘러가게 하지, 끌어서 돌이켜 막아 동쪽과 북쪽의 옛 물길로 돌아가게 하지는 결코 못할 것이다. 그런데 융통성 없는 선비들은 자잘하게 틀에 박힌 생각으로 뒤에서 따져대니, 도무지 자신의 국량을 모르는 처사라고 하겠다.

내 종족인 죽계자(竹溪子 : 金紹行)는 이 세상의 특이한 선비요, 그가 지은 『삼한의열녀전』은 이 세상의 특이한 글이다. 죽계자는 약관의 나이에 문장을 이뤘지만, 늙어 백발이 되도록 제대로 대접받지 못했다. 그가 이 책을 지은 것은 대개 장주와 굴원과 사마천 같은 무리들과 나란히 달리며 우열을 다투고자 한 것이지, 한유 이하로는 따지지도 않으니, 그 뜻이 비장하다. 그러나 애석하다. 내 학문으로는 죽계의 덕을 받쳐줄 수 없고, 내 힘으로도 죽계의 재능을 천거하지 못하니, 내가 죽계를 위해 무엇을 할 수 있겠는가. 다만 이 글을 읽는 사람들이 고금(古今) 사이에 문장의 체용(體用)의 변화를 이해하지 못하고 비설하고 궤탄하며 비뚤어졌다고 따진다면, 내가 비록 문장이 미흡하지만 그래도 죽계를 위해 변론할 수는 있겠다.

 이 글은 김매순 산문의 가장 대표적인 작품의 하나이자, 의론체 산문의 백미에 드는 작품이다. 명쾌한 논리와 적절한 비유, 점진적 서술이 돋보이는 깔끔한 글이다.

『삼한의열녀전』은 김소행(金紹行, 1765~1859)이 지은 장편의 군담계 한문소설이다. 일명 『삼한습유(三韓拾遺)』라고도 하고 『향랑전(香娘傳)』이라고도 한다. 신라를 시대적 배경으로 향랑고사를 모티브로 연변시킨 허구적 소설이다. 죽은 향랑이 환생하면서 사건들이 전개되는데, 생전에 맺지 못한 인연과의 재혼, 결혼을 방해하는 마왕과의 전쟁, 고구려 백제와의 싸움, 백년해로 후 승천으로 이어진다. 중국과 삼한 시대의 실존 인물들과 천상과 지하계의 가상 인물들이 총 등장하는 기이한 이야기다. 향랑은 정열(貞烈)을 지켜 죽은 인물인데, 작가는 그의 불우(不遇)함에 초점을 두고 이야기를 전개해 간다. 이를 김매순은 서얼출신인 김소행 자신의 불우함을 이 작품을 통해 토로한 것으로 보고 있다.

고문을 전공하는 정통 문학가인 김매순이 소설작품에 서문을 쓴 것 자체만으로도 주목할 일인데, 이 소설문학을 적극 옹호하는 논의를 펼치고 있는 것은 더욱 특기할 일이다. 그는 문학도 체용의 논리로 인식하고, 글쓰기에는 변할 수 없는 본질적 요소와 시대와 작가의 개성에 따라 변할 수 있는 변용적 요소를 갖고 있다고 본다. 변용적 요소는 만연(번쇄)·우언(가탁)·반어와 같은 어법이나 비설·궤탄·독설과 같은 표현인데, 이런 어법이나 표현들이 궁극 글쓰기의 본질을 지키고 있다면, 문학으로서 아무런 문제가 되지 않는다는 것이다. 본질적 요소로 지목한 간결함·진실함·정직함이란 곧 분명한 주제의식, 표현의 사실성, 내용의 진실성을 의미하는 것이다. 그러나 사실 글쓰기의 요소로서 김매순이 주목하는 것은 변용적 요소다. 오히려 이 변용적 요소들이 그 시대의 훌륭한 문학을 산출해냈다는 점을 강조한다.

문학이 인간에게 요긴한 근본 가치는 시대가 바뀌거나 작가가 다르다고 변하는 것은 아니다. 만약 이 가치를 부정하는 것이면 일단 문학이 아니다. 오늘날 문학이 못되는 글을 적지 않게 볼 수 있는 것은 불행일 뿐이다. 한편 문학은 시대를 반영하고, 문체는 작가의 세계관이 표출된 것이라고 한다. 시대는 바뀌고 세계관도 변하기 마련이다. 그러므로 문학이 담는 내용은 계속 바뀌어 왔고, 표현하는 문체도 다양하게 변해왔다. 특히 우리 시대의 내용을 진실하게 다루고, 그것을 다루어 나가는 작가의 어법이 신선할 때 우리는 그 문학을 읽는 재미와 감동을 느낀다.

그러면 무엇이 그 시대의 문학을 창출해 내는가? 김매순이 죽계자 김소행의 삶과 그의 소설에서 주목하는 바가 이 점이다. 삼물(三物)과 사과(四科)가 제대로 펼쳐지지 못하는 혼탁한 시대에 자신의 능력 한번 펴볼 수 없는 불운한 세상에서 탄식과 울분을 허구적 이야기에 실어 토해내는 파토스, 여기에 깃들어있는 작가의 비판의식과 비장함이 그 시대의 문학을 빚어내는 것이다. 오늘날 우리 시대의 문학에서도, 그것이 개인의 이야기이건 사회와 정치의 문제이건 간에, 자기 시대의 모순을 체감하고 그 모순을 관통하는 비판정신이 살아 숨쉬며 문학적 감동을 분출해내어야 하지 않을까. 시대는 바뀌었지만 문학을 진단하는 고전작가 김매순의 안목은 여전히 변하지 않는 가치를 발산하고 있다.

당송고문과 진한고문

|

答士心

보내온 글에서 세상 사람들이 턱없는 재주로 망령되게 진한
고문(秦漢古文)의 문호를 세우지만 필경 성취한 것이라곤 아무
것도 없는 것을 매우 경계했고, 또 선조(先祖)의 「관복시서(觀復詩
序)」의 말을 인용해서 거듭 간곡하게 말했더군. 생각하는 바가
깊고 표현하는 방법도 정밀하니, 다른 사람들은 미칠 바가 아니
며 나 또한 여기에 무슨 다른 말을 보탤 수 있겠는가. 세상에 진
한고문을 짓는 자를 나도 역시 많이 보았다만, 자구(字句)나 모방
했을 뿐 의장(意匠)은 지리멸렬하며, 걸음걸이나 흉내 내었지 정
신은 꽉 막혀 있어, 기쁘고 즐겁거나 비통하며 슬퍼하는 말이
사람을 감동시키지 못하고, 왕도와 패도를 설명하거나 성현을
내세워도 도를 전달하거나 의혹을 해소하지 못하니, 이야말로
공손자양(公孫子陽)이 임금의 수레와 깃발에 공손하게 절을 하는
것과 흡사할 뿐이라네. 글공부의 단계와 모범을 따르지 않고, 건
너뛰고 빨리 달려 남보다 나으려는 데에 힘을 쓰니, 그 폐단이

이 지경에 이르는 것도 마땅하지 않겠나.

　내 경우를 말하자면 이것과 달리 그래도 대략이나마 거쳐 온 바가 있었으니, 구차하게 허풍스런 말로 속이지는 않겠네. 내가 문장을 익히던 처음에는 스승이 없었고, 말과 글을 배운 뒤로 학교와 향리에서 듣고 본 것이라곤 단지 시문(時文)뿐이었다. 조금 자란 뒤에 『계곡집』·『택당집』과 같은 국조(國朝)의 명문장가들의 문집을 읽고는 글의 의미가 고아한 것이 시문과 딴판인 것을 깨달았고, 기쁜 듯이 좋아하며 시문을 버리고 이런 글에 마음을 둔 것이 여러 해였다. 그러고는 또 생각하기를, 계곡과 택당의 글이 모두 좋긴 하지만 중국같이 크고 수백 년이나 앞선 나라라면 그 글이 더욱 좋을 것이라 여겨, 비로소 이른바 당송팔대가의 글을 읽었다. 그런 뒤에야 계곡과 택당의 글이 이 글을 근본삼아 조술(祖述)한 것임을 알았다. 그리고 그들의 풍기(風氣)와 습성이 오늘날과 그렇게 멀거나 동떨어지지 않아서 쫓아 행하고 따라 생각하며 노력해 볼만하다 생각하고, 드디어 계곡과 택당을 놓아두고 여기에 마음을 둔 것이 또 여러 해였다.

　대개 도는 멈추는 곳을 아는 것이 중요하고, 학문은 중용을 터득하는 것이 요점이라네. 문장이 당송팔대가에 이르러야 가히 중용이요 멈추었다고 할 만하지. 그러나 힘을 다해 달리다가 충분치 못할까 두려워하고, 가벼운 게 싫어서 뛰어넘으려 한다면 어리석거나 망령된 것이라네. 문장의 도리는 시대를 따라 오르내리는 것이라, 시문(時文) 앞에는 계곡과 택당이 있었고, 계곡과 택당 앞에는 당송팔가가 있었으니, 그 시대를 살펴본다면 양한 (兩漢)이 당송팔가 앞에 있었고, 선진(先秦)이 양한 앞에 있었던 셈이네. 배우는 사람이 문장에 뜻이 없다면 그만이지만, 만일 뜻 이 있다면 어떻게 너무 고상하다고 꺼려서 저 멀리 서계(書契)와 결승(結繩)문자 시대 이전으로 밀추어 둔 채 아득히 염두에 두지 않아서야 되겠는가? 그러나 선진문장은 나 또한 언급할 겨를이 없지만, 양한문장의 경우는 대개 당송팔가를 통해 소급해 올라 가 좋은 부분에 대해 한두 마디 이야기할 수는 있다네.

인품이 비록 같지는 않지만 그래도 모두 도탑고 심후하며, 학 술도 비록 똑같지 않지만 대개 삼대(三代)시절 육예(六藝)의 영향 을 받았다. 그래서 문장을 지을 때에 충담(沖澹)한 가운데에 혼 웅(渾雄)함이 들어있고, 질박함 속에서 걸출하게 빼어난 것이 드 러나니, 효문제(孝問帝)의 명장(明章)과 조령(詔令)이 『서경』의 훈 명(訓命)에 버금가는 것은 물론이오, 사마천·반고·동중서·유 향과 같이 글로서 일가를 이룬 자들은 먼 훗날까지 높이 자리하 고 있으며, 비록 무인이나 법리(法吏)의 손에서 지어진 척독이나 짧은 글도 모두 간결하고 진절(眞切)해서 성조(聲調)나 형식에 얽 매이지 않아도 읽어보면 아주 맛깔스러운 것이 잔잔한 맛이 남 는다. 이런 것은 비록 한유나 구양수 같이 재능이 빼어나고 식 견이 걸출하여 글쓰기에 노련한 자들도 분명 한숨을 쉬며 거기 에 미치지 못하는 것을 탄식할 일이다.

세상이 만들어진 것이 오래되었다. 삼재(三才)와 만상이 쉼없이 날로 변화하니, 오늘날이 옛날이 될 수 없고, 옛날이 오늘날이 될 수 없다. 하물며 문장이란 것은 시대의 적용에 요점이 있다. 그래서 오늘날 글이 진한시대의 글이 될 수 없는 것은 단지 재능이 모자란 죄가 아니다. 시대의 형세가 그렇게 되기 불가능하기 때문이다. 그러나 맑은 술은 현주(玄酒 : 물)에서 나왔고, 악기도 괴부(蕢桴 : 흙북채)에서 비롯되었다. 주제가 잡혔으면 말에 얽매이지 말고, 지략을 본받을 일이지 법에 구애되어서는 안된다. 변화하고 신명나는 것이 그 작가에게 달려있는 것이 아니겠는가? 도읍의 형세를 논평한 옛사람의 말에 "강남에 도읍하고자 한다면 반드시 먼저 회초(淮楚)를 경략해야 한다. 회초를 지키지 못하면 강남 역시 내 것이 아니다."고 했다. 나는 이 말을 문장에 비유해서, "오늘날 문장을 지으려면 당송팔가를 강남으로 삼지 않을 수 없는데, 양한(兩漢)시대는 회초에 해당된다."고 본다. 그렇지 않으면 후퇴하여 임안(臨安)에 이르고, 또 후퇴하여 명월(明越)에 이르렀다가 결국 떠돌다 강이나 산 바다의 배 속에 움츠려 있게 될 것이니, 진한시대의 것을 놓아버린다면 이른바 당송팔가의 문장도 어쩔 수 없다는 것을 알아야 한다.

 조카 김인근(金仁根)의 편지에 답하면서, 당시 산문문단에 대해 논평하며 문장학습의 방법을 조언하고 있는 글이다.

당시 한문학의 정통 산문을 흔히 고문(古文)이라고 불렀다. 당나라 한유(韓愈)가 유학복고운동을 일으키며 '고문' 회복을 주창했고, 이후 송나라의 문인들이 이 정신을 계승함으로서 산문에서 고문의 정통성이 수립되었다. 이들의 산문을 흔히 '당송고문'이라고 부른다. 여기서 한유가 복귀하고자 했던 고문, 즉 옛 글이란 바로 선진(先秦) 또는 진한(秦漢) 시대의 산문을 가리키는 것이었다. 그래서 명나라의 일군의 문인들은 한유 이하 당송시대의 문인들이 수립했던 고문을 부정하고, 직접 진한 시대의 산문세계로 뛰어올라 그 시대의 문장을 회복하는 복고운동을 일으켰으니, 이들의 산문을 '진한고문' 또는 '의고문'이라고 부른다.

대략 17세기부터 조선의 문단에는 고문 글쓰기가 바람을 일으키자, 사대부 문인들 사이에는 진한고문을 추종하는 작가들이 있는가하면, 한편 진한고문의 모방적 경향을 비판하며 당송고문을 추종하는 작가들이 등장함으로서, 창작과 비평 두 방면에서 괄목할만한 발전을 이루어 나갔다. 이처럼 정통 산문 내에서 진한계열 고문과 당송계열 고문의 대립과 발전은 한문학이 종막을 내리던 시기까지 지속되었는데, 특히 당송계열 고문은 19세기 초엽에 이르러 가장 절정에 이르는 수준에 도달했다고 본다. 당시 이런 수준에 이른 대표적인 작가의 한 사람이 바로 김매순이다.

그는 여러 글을 통해 당송계 고문론의 논조를 펼치고 있는데, 이 글에서는 진한고문의 모방적 성향을 비판하며 올바른 문장학습 방법을 제시하고 있다. 우선 그는 선진 양한시대 문장의 우수

성을 인정하지만, 문장이란 시대를 따라 변하는 것이기 때문에 현재로서는 결코 다시 옛 글을 그대로 창작할 수 없다는 인식을 갖고 있었다. 그래봐야 모방하는 것 밖에 되지 않는다는 것이다. 그래서 진한고문을 충실히 학습하되 시대의 변화를 흡인해서 자신의 산문을 창출해낸 당송팔대가를 모범으로 설정하고 있다. 다만 정통에 충실하기 위해서는 진한고문의 학습도 필요하다고 본다. 그러나 여기서 한걸음 더 나아가, 자신의 개성과 자기 시대의 정신으로 창의를 발현하는 문학을 추구하는 것이 당송계 고문론의 입장이었던 것이다.

문학과 경학의 통합

|

答族姪士心

보여준 여러 글들은 식취(識趣)가 두텁고 문로(門路)가 바르니, 이렇게 하기를 멈추지 않는다면 문장을 완성하는 것이 뭐가 어렵겠는가. 사랑스럽고 또 존경스럽구나. 다만 첫 머리에 이미 물든 것에서 재료를 취한 것이 많고 창의적인 것에서 힘을 얻은 것이 적더구나. 그래서 이치(理致)는 참으로 뛰어나다만 기격(氣格)이 조금 모자라니, 전형(典型)은 그 정도면 우아하지만 범위를 더 넓히는 게 좋겠다. 시험삼아 여러 달 공부하기를, 선진양한 시대의 문장 수십 편을 뽑아 읽고, 다음으로 한유와 구양수 같은 대가들의 글을 마음 깊이 숙독해서 생각이 운용되는 심오한 곳을 힘써 터득하면, 변화를 따지고 생각할 때 반드시 발전이 있다는 것을 홀로 느끼게 될 것이다.

요즘 문장을 하는 사람들은 경학(經學)을 진부하다고 비판하며, 경학에 종사하는 사람도 지나치게 문장을 배척하며 전혀 생각에 두지 않는다. 필경 문장은 화려한 데서 손상될 것이고, 학문은 고루한 데 병들 것이니, 실패하기는 매 한가지다. 이것은 모두 편견에 빠져 문장과 도학이 하나로 꿰어있는 묘미를 보지 못한 탓이다. 이는 예나 지금이나 변함없는 근심거리이지만, 우리나라의 습속은 더욱 심하다.

그러나 초연히 자득해서 앞의 두 주장에 현혹되지 않고, 문장과 경학을 합하여 하나로 이루어낸 것은 오직 우리 집안의 여러 조부들이 그러셨다. 이 분들이야말로 뒤를 잇는 사람들이 본받아야 할 것인데, 오늘날 이것을 함께 이야기할 만한 사람이 얼마나 있겠는가. 자네의 현명한 재능에 게을러지지만 않는다면 참으로 올바른 한 맥을 전하게 될 것이다. 기린의 뿔이나 봉황의 부리처럼 수는 적더라도 귀하게 될 것이니, 힘쓰고 또 힘쓰도록 해라.

 역시 김인근에게 보낸 편지다. 문단의 큰 어른이자 당숙으로서 문학에 심취한 조카를 격려하는 훈훈함, 단점을 지적하는 엄격함, 문단의 폐단을 지적하는 냉철함, 문명(文名) 높은 집안에 대한 자부심을 동시에 느낄 수 있다.

이 글에서 간결하게 언급하고 있지만 핵심이 되는 내용은 문학과 경학 공부가 혼용 일치된 글쓰기의 회복이다. 흔히 '문도합일(文道合一)'로 표현되던 것인데, 조선전기 김종직(金宗直)의 문학론에서부터 제기되었던 문제이며, 김창협(金昌協)에 의해 이론과 실천에서 한층 구체화 되었던 주장이다. 이것이 김매순에 의해 다시 중요한 문제로 제기된 것인데, 당시 문학과 학술이 분절되어 서로를 배타시하는 풍토에 대한 반성을 촉구하는 것이다. 그가 추구하는 고문의 세계는 이 둘이 통합된 정신세계를 구현하는 것이었기 때문이다. 학문적 성찰이 빠진 문학은 속빈 강정일 뿐이며, 문학적 수사를 무시하는 경학은 메아리에 불과하다는 생각이었다.

그러나 이정리(李正履, 1783~1843)의 문집에 붙인 발문을 보면, '문도합일'의 의미를 훨씬 깊이 있게 설명한다.

> 문학은 도와 짝을 이룬다. 도를 떠나면 문학이 아니기 때문에 문학에 심오했던 옛 사람들은 모두 도를 문학의 근본으로 삼았다. 도를 수용할 때는 소심한 자세가 필요하고, 도를 책임지게 되면 대담해야 한다. 이 둘은 서로 필요한 자세로서 한 쪽이 모자라서도 안된다. 조금 깨달은 것으로 만족하고 잘난 체 기뻐하는 사람은 족히 말할 것도 못되고, 더러 겸양한 태도로 일관하여 세상을 경륜하고 교훈을 남기는 것을 자기의 소임으로 생각지 않는 사람은 뜻이 바로 서질 않으니 말도 역시 그와 같다. 비록 지엽적인 서술이 잘 정돈되어 있고 맥락과 논리가 치밀하더라도, 근본과 바탕이 취약해서 끝내 중책을 짊어지고 멀리까지 가지 못한다. (「제이심부 문권(題李審夫文卷)」)

도와 문의 관계, 도와 문을 겸해야 하는 이유, 겸비하는 방법과 자세에 대해 간결하게 설명하고 있다. 그에게 '문도합일'은 단순히 문학론으로서가 아니라, 지식인으로서 실천론의 의미를 지니는 것이었다.

옛 글을 읽는 방법

|

讀三子說贈兪生

어릴 때 글방 선생께 배운 적이 있는데, 선생께서 한유와 구양수와 소동파의 문장 수 십 편을 뽑아 주며 이렇게 지시하셨다.

"세 분의 문장은 매우 품격이 높다. 정밀하게 읽고 익숙하도록 외워라. 긴 글은 하루에 한 편, 짧은 글은 두세 편을 읽되, 기한 안에 마치도록 해라. 게을리 하면 벌을 내릴게다."

나는 그 지시를 받들어 오로지 부지런히 읽었는데, 한 달이 지나도 아무런 소득이 없었다. 얼마 뒤 선생께서는 집으로 돌아가 버리시고, 나 홀로 무료하게 지내다가 갑자기 이런 생각이 들었다.

"문장이 무슨 특별한 일일까. 말로 생각을 나타내고, 문자로 말을 기록하는 것인데, 생각은 마음에서 나오고, 말은 입에서 펼쳐지며, 문자는 손으로 이루어지는 것 아닌가. 생각한 것이 통하게 되고, 익힌 것이 숙련되는 것은 모두 사람이 해내는 것이지 천지 귀신은 관여하지 않지. 이 세 분도 역시 사람일 뿐인데, 어떻게 이분들만 고상해질 수 있겠나. 운세는 좋기도 하고 나쁘기도 하며, 기세는 모이기도 하고 흩어지기도 하며, 기량은 넓기도 하고 좁기도 하니, 전부 사색과 학습을 통해서만 이룰 수 있는 것도 아닌게야. 그리고 세 분의 앞 시대에는 양한시대의 선비들과 은·주시대의 성인이 계셨으니, 이 세 분이 또한 어떻게 가장 고상하다고 할 수 있을까."

그리고는 다시 그 수 십 편 되는 글을 가져다 읽었는데, 대담하고 호기롭게 엄숙한 표정으로 마치 세 사람을 나오게 해서 앞에서 솜씨를 겨루게 하고, 나는 넓은 마루에 걸터앉아 규칙을 가지고 우열을 평가하는 사람처럼 살펴보았다. 그렇게 10번을 훑어보기도 하고, 더러 2, 30번을 훑어보기도 하고, 또 더러 5, 60번에서 100번 정도를 훑어보고 나서야 세 분 문장의 영역과 오르는 방법과 범위와 그 단계를 비로소 어렴풋이 볼 수 있었다.

이번엔 다시 마음을 비우고 기운은 평온하게 표정을 가라앉힌 다음, 마치 연석의 안케 앞에서 세 분께 절하고 눈을 크게 뜨고 보며 활짝 웃다가 조용히 논평하듯이 살펴보았다. 그렇게 하루에 한 권을 다보기도 하고, 어떤 때는 며칠 동안 한 편을 보되, 눈을 바로 뜨고 주시하며 정신을 모아 집중하기도 하고, 천천히 읊조리며 그 맛을 음미하기도 하고, 빠르게 외며 문맥을 꿰어본 뒤에야 형상이 드러나고 맥락이 나눠지며 풍신이 느껴지니, 대개 성정에 촉촉이 스며들었던 것이다. 그들의 글이 긴 것은 길지 않을 수 없었기 때문이고, 짧은 것은 짧지 않을 수 없었던 때문이며, 간결한 것은 간결해야만 했고, 복잡한 것은 복잡해야만 했으며, 평순한 것은 평순하지 않을 수 없고, 기이한 것은 기이하지 않을 수 없는 것이었다. 시험삼아 한 구문을 바꾸어보고 한 단락을 잘라버려 보니, 한쪽이 성기거나 허전하게 빠뜨려져 마치 잠시도 안정되지 못한 것 같았다. 이내 한숨을 크게 쉬며 과연 그 높은 품격은 다른 사람들보다 뛰어나다는 것을 믿게 되었다.

내가 세 분의 문장에 노력하기를 전후 이와 같이 하고도 끝내 자신이 마음이나 입으로 닮지 못한다면 그건 얻지 못한 것이나 마찬가지다. 그렇지만 이때부터 식견이 조금 나아졌고 생각도 조금 넓어져, 비록 읽은 것을 모두 잊어버려 한 편 전체에서 단 한 자도 기억하지 못해도, 흉중에 은은히 남은 것이 있어 마치 잔이 비어도 윤기가 감돌고, 화롯불이 다 타도 훈기가 남아있는 것과 같았으니, 글방 선생께서 말씀해 주셨던 것에 국한되는 정도가 아니었다.

대개 문장 가운데 훌륭하다고 일컬어지는 것들은 모두 고인에 의해 지어졌는데, 그들의 몸은 이미 죽어 없어졌지만, 책에 실려 있는 그 말씀은 잡으려 해도 형체가 없고, 맡아보아도 냄새가 없으며, 두드려도 소리가 나지 않는다. 텅 비고 광대할 뿐이어서 천 년 이후에 장차 그를 따라 같아지려는 자는 정신과 기백을 통해 서로 교접하고 융화해야만 할 것이다. 만약 남들이 훌륭하다고 해서 훌륭하게 여기고, 남들이 위대하다고 해서 위대하게 여길 뿐, 정신이 살아 숨쉬지 않고 기백이 굳건하지 못해 형편없이 작품 주변에서 기어 다니기만 한다면, 또한 끝내 노예로 살다가 그치고 말 것이다. 언제쯤에나 계단을 뛰어 올라 방안으로 들어가서 면류관에 패옥을 차고 함께 앉는 영예를 누릴 수 있겠는가.

맹자께서 "대인이 보기 좋거든 대수롭지 않게 여기고, 그의 높고 큰 모습을 보지 말도록 하라."고 하셨는데, 내가 고문을 읽는 태도가 이와 비슷했으니, 고문의 높고 큰 모습을 바라보는 것은 글을 잘 읽는 자의 태도가 못된다.

 젊은 문도인 유정환(俞廷煥)에게 자신이 젊은 시절 당송 고문을 읽으며 문장을 배웠던 경험을 들려주고 있다. 설명이 자상하고 방법이 구체적이어서 글쓰기를 배우는 사람이면 눈여겨 참고할 만하다.

여기서 김매순이 옛 글을 읽는 방법으로 설명한 것을 보면, 전체 3단계로 진행된다. 처음엔 여러 편의 글을 같이 놓고 서로 비교하며 읽어 나간다. 이 때 같은 양식의 문장끼리 비교해도 좋고, 양식과 양식끼리 비교해서 읽어도 좋을 것이다. 이렇게 수십 번을 반복해서 읽으며 각 문장의 구성방식과 서술형태 및 장단점과 특징 등을 파악해 본다. 그 다음엔 문장들을 각자 독립해놓고 분석적으로 읽어 나간다. 다양한 방법을 동원해서 여러 가지 방식으로 반복해서 읽음으로서 각 문장의 형상과 맥락과 풍신을 파악해 본다. 이 글이 자신의 마음속에 촉촉한 감동으로 느껴질 때까지 읽어야 한다. 그런 다음 마지막으로 내 기억과 내 마음에서 이 글의 존재를 지워버리는 것이다. 그의 비유대로 술을 비웠을 때 잔속에 남아있는 향기와 재를 버렸을 때 화로 속에 남아있는 훈기와 같이, 고문을 읽은 후 마음속에 기운이 감돌아야 한다. 학습자에게 필요한 것은 고문에 대한 기억이 아니라 바로 고문이 남긴 그 기운이다.

이후 글을 쓸 때 고문에 대한 기억으로 쓰게 되면 모방에 빠지게 되고, 고문이 남긴 기운으로 쓰게 될 때 독창적인 자기의 글을 지을 수 있게 된다. 그래서 그는 옛 글과 같은 훌륭한 글을 지으려면 정신과 기백을 통해 그들과 교접하고 융화해야 한다고 한다. 정신과 기백이란 독서와 성찰 그리고 경험으로 쌓여진 주체의 역량이 아니겠는가.

진실한 마음을 표현한 문학

|

斗川稿序

농암(農巖 : 金昌協)선생께서 삼주(三洲)에서 도학을 강습하실 적에 선생을 따른 문인이 많았지만, 맏아들이신 관복공(觀復公 : 金構)께서 실제로 주관하셨다. 당시 농암선생의 도덕과 문장은 이미 한 시대에 으뜸이셨고, 관복공은 뛰어난 재능과 빼어난 문장으로 부친의 힘든 일을 능히 맡았으니, 선비로서 그 문하에 출입하기가 성인의 문하에 출입하면 훌륭한 말로 인정받기 어렵다는 맹자의 말과 같았다. 그래도 문학(文學)으로 이위(李瑋)는 젊은 나이에 총명하고 의젓하며 진슬퇴지(進瑟退簾)에 가장 득의했던 자로 알려졌다. 나도 어릴 적 두 할아버지의 문집을 읽었을 때 자주 백온(伯溫 : 이위의 字)을 일컫는 것을 보고, 마음으로 사모한 것이 오래되었다.

이제 미호(渼湖) 가로 집을 옮기니 삼주와의 거리가 언덕 하나 사이가 되었고, 이공의 증손 이학주(李鶴柱)가 마을을 서로 오가게 되어, 비로소 이른바 『두천고(斗川稿)』한 권을 읽어보고는 탄식하며 "이름은 허투루 얻는 것이 아니며, 문장도 거짓으로 지을 수는 없다. 아름답고 순정하구나. 분명 문도합일(文道合一)의 의미를 들어봤던 게야."라고 했다.

아주 먼 옛날에는 도와 문이 서로 분리되지 않았는데, 주나라 말기에 가서야 비로소 나뉘어 둘이 되었다. 그래서 문장 짓는 일은 도학을 배우는 자가 해서는 안되는 것이라고 여기게 되었다. 그러나 이는 단지 글을 다듬고 얽는 행위를 두고 이른 것이었을 뿐이다. 잔잔하고 조용한 음은 질그릇 솥을 두드리는 데서 나오는 것이 아니고, 찬란한 옥빛은 연석(燕石) 같은 가짜 옥돌에서 뿜어 나오는 것도 아니다. 작가의 기운이 주리면 글의 논리가 반드시 부족하게 되고, 말이 막히면 주제도 반드시 어긋나게 된다. 『시경』에서 "용모를 바꾸지 않아도 하는 말에 법도가 있도다."라고 노래했듯이, 말에 법도가 없으면 군자는 반드시 돌이켜 반성해야 한다.

이공은 젊어서부터 글짓기를 좋아하지 않았고, 중년에는 녹봉을 위해 하찮은 벼슬을 하다가, 늦깎이로 겨우 과거에 합격하고 죽었다. 경전이나 예설에 대한 논찬이 없었고, 전책(典冊)에 글을 윤색하는 일이 없었다. 태우고 남은 잿더미에서 주워 모은 시문이 겨우 몇 편 있는데, 대개 산수 유람이나 모임에서 대충 응수한 작품들뿐이다. 그러나 작품의 골격이 시원하게 열려있고, 풍운(風韻)이 힘차고 밝아 온통 흉금에서 쏟아져 나온 것이었으며, 호흡의 빠르고 느리기가 규범에 맞고 절도가 있다. 또한 사우(師

友) 간에 살아남았거나 죽었을 때 남긴 시문도 근심이 가슴속에 얽혀 서글픈 감정의 흐름과 변화가 족히 하늘을 감동시키고 세상의 풍습을 두텁게 할 만하니, 이는 마음이 도(道)로 연마되어 문장으로 형상하되 순정하고 문채가 있어야 이를 수 있는 경지다.

대개 문장과 도는 어디에서 갈라졌을까. 꾸밈[華]과 진실[實], 여기다. 만약 꾸미기만 했지 진실한 내용이 없다면, 아무리 이름난 학자로서 법을 설명하거나 높은 자리에서 정치를 논해도, 나는 거기서 도다운 면을 볼 수 없다. 그렇지 않는다면, 유람하거나 만남의 자리에서 갑자기 응수하여 지은 작품이라도 자신의 마음이 형상된 것이라면 어떻게 문장과 도가 다른 것이라고 볼 수 있겠는가. 이런 이치를 나는 집안을 통해 스스로 들어 익혔다. 오늘날 이런 이야기를 나눌 사람을 만날 수 없던 터에 이공의 글을 보니, 나도 모르게 확실하게 부합되는 것이 느껴지는데, 마치 금대(金臺)나 석실(石室)에서 아침저녁으로 서로 깊이 대화한 듯하다. 책머리에 써서 돌려보내노라.

"문도합일", 문학과 학문 두 영역이 통합된 정신세계의 구현. 이것이 김매순이 추구한 문학의 이상이었다. 그가 설명하는 문학론도 결국 이 이상을 향해 집약된다. 그러면 실제 도와 문이 합일되는 경지란 어떤 것일까? 딱히 어떤 것이라고 설명하기도 어렵고 설명한 적도 없지만, 이 글에서 우리는 그 단초를 볼 수 있다.

도와 문이 분리되게 된 원인을 '화(華)'의 등장으로 진단한다. '화'란 본래 문학적 수사에서 시작된 것이지만, 과하게 되면 허식이다. 글쓰기에 허식이 쓰이기 시작하면서 점차 진실한 내용(實)이 사라지게 되었고, 그럼으로 문에서 도가 사라졌다는 것이다. 따라서 도(학문)의 입장에서도 허식을 일삼는다고 문을 배타시하게 되었고, 결국 둘은 결별하고 만 것이다. 그러면 다시 도와 문이 통합되려면 '화'를 제거하고 '실'을 회복하면 되는 것인가? 완전히 옛 형식의 글쓰기로 돌아갈 수는 없다. 시대가 바뀌었기 때문이다. 허식은 용납할 수 없을지라도 문학적 수사까지 배제해야 할 이유는 없다. 그러므로 중요한 것은 진실한 내용의 회복에 달려있다.

이 글에서 김매순은 진실한 내용이란 마음으로 체득하고 느낀 것을 진실하게 표현하는 것이라 보고 있다. 도와 문이 통합된 문학이란 바로 내용의 진실성에서 확인된다는 것이다. 이 때 진실함이란 욕망의 감정을 드러내는 것이 아니라 본성의 선함에 근거한다. 그러므로 직접 규범이나 도를 설명하는 학자의 논설이라도 자신이 몸소 체득한 진실성이 없다면 도가 통합된 글이라고 할 수 없으며, 반면 산수 유람기나 연회에서 응수하며 지은 글이라도 인간본성의 감회를 진실하게 표현한 것이라면 화와 실이 조화를 이루어 도와 문이 통합된 경지를 보여주는 것이라고 한다.

문학이란 형식의 예술성과 내용의 진실성(현실성)이라는 두 바퀴로 구르는 수레와 같다. 그렇게 시대와 역사의 행로를 쉼없이 달려왔다. 다만 형식의 예술성은 시대에 따라 변할 수는 있어도, 내용의 진실성은 변할 수 없는 문학의 가치다. 앞서 「삼한의열녀전서」("시대에 따른 문장의 변화")에서 형식의 가변성을 이야기했다면, 이 글에서는 진실성의 불변하는 절대 가치를 말하고 있는 셈이다. 가변과 불변의 조화, 이것이 문학의 무한 매력이다. 세상이 변해 수레에서 자동차로 바뀌었어도, 화실(華實)의 조화와 도문(道文)의 통합이라는 문학의 고전적 논리는 여전히 이 시대의 문학론으로서도 유효하다.

원문

제1부 나의 길, 나의 삶

石陵稿自敍

|

余性甚拙, 其文如之. 自爲諸生治程文, 已不能排比黃白 摘裂撏 撦 與才擧人角. 旣釋褐, 稍窺古作家, 而短於聰明, 不敢務博, 於經 詩書, 於史馬班, 於集唐宋八子, 是其喜觀也. 每至人倫風化君德 時政 賢不肖消長進退, 輒留連反復, 慨然思擬議焉. 至於篇章字 句, 鍛鍊洗削, 絺繪以爲麗, 鉤棘以爲奇, 不暇用力也. 是故時出爲 述作, 淺近質俚, 依常循故, 無恢魁譎詭, 殊絶之聽, 煒燁之觀, 悅 耳而駭目者. 夫文之雋者, 華實必兼, 本末必具, 本實未足以稱, 而 華與末又不能以相輔, 則其文之拙, 可知也.

當先王世, 聖人在上, 赫然以三代君師自任, 尤致意於藝文之事, 士之掉鞅脂轄, 挾技術而希眄睞者, 莫不假文爲階, 而明月靈蛇之 握, 殆家有焉. 余方賜暇在北山老屋中, 默然終日當路齒牙之論, 靡得而及.

十餘年來, 士大夫得免於法度繩束之中, 樂豪擧貴通達, 稍擯文 學, 以爲無用. 而談者, 數朝士能文, 余名或在其間. 余文之拙, 前 後無異, 而進攘之際, 有足以觀其所遭則其拙, 豈惟文哉. 嗟乎! 文之工拙, 昭昭易見. 余又居京輦涉宦塗, 日與人接, 其中之存, 非難知也. 名實之相違, 猶如此, 況道德之蘊於深大山長谷之遠, 於人而欲以毀譽定其品, 不亦難乎.

余述作不多, 又頗散棄, 存者, 只胡亂黑主數篋耳. 旣屏居湖上, 從游有邨秀數子, 求見藏藁, 余謝無有, 則或疑而不信. 乃歎曰: "是, 談者誤之也." 然余未嘗全無述作, 苟一切閟距, 則無乃使人疑夫護拙而餂於名者乎. 於是發篋, 得詩賦幾首, 疏箚幾首, 序記跋論說書牘雜著幾首, 繕寫爲幾卷, 以應其求. 余文雖拙, 使童子挾兎園冊者見之, 未必無可取, 卽有眼目者, 嘗其一臠, 梗於脾, 骾於口, 掉臂而去之曰: "談者妄也." 亦拙者之幸也. 金氏, 出安東, 安東一號石陵. 故題其面曰石陵稿.　　(『臺山集』卷7)

風棲記

石陵子旣廢, 得破屋於渼水之上, 葺而居焉. 屋故無外寢, 卽中門之右, 起堂三楹, 壁其半爲室. 土脫於鏝而不暇勻也, 木脫於鋸而不暇澤也. 瓦甓礧礧金鐵之攻, 凡附於堂者, 一切取費省功遄, 華與牢, 皆不暇謀也. 址突而嵳, 簷矮而攘, 紙一牕以攝垣籬, 望之若鳥棲于高樹之上, 裊裊然欲墮也.

役者曰: "不設外閤, 將困於風." 石陵子善其計, 亦以時詘不暇焉. 每風從西南來, 振動崖谷, 掀簸林樾, 揚沙塵激波浪, 倒江而東也, 排櫳掠椳, 撼几殷席, 窔奧之間, 常瑟然有聲. 如孫伯符·李亞子, 擁百萬之衆, 有事于漭蕩之野, 孤城單堡, 適當其衝, 卽不專力鑾鋒師所經歷, 高枕而嬉者, 亦尟矣. 乃命之曰風棲.

石陵子嘗以弱冠取科第, 內之無資蘊, 外之無扳援, 華省秘府, 游涉畧遍, 同儕之在後者, 或望之以爲榮. 顧禍拙甚, 動與時乖, 毀不至於銷骨, 而足以沮其進, 忌不至於切齒, 而足以間其遇, 盖通籍十數年, 漂搖然無一日寧也. 無何難作, 鋩鏃之所未及, 承以罻羅, 跡聲伺景, 飛走路絶, 於是衆皆爲石陵子懼. 雖石陵子, 亦自謂必無幸矣, 乃粒食水飮, 妻子奉如平日, 卽風甚, 猶棟宇莞簟處也.

或曰: "風者, 撓之物也, 棲者, 安之所也. 安而不免於撓, 撓而不失於安, 風與樓, 相循而不已也. 石陵子之志與行, 庶幾在是歟."

石陵子喟然嘆曰: "風固記實也, 子欲廣其說乎. 夫日月寒燠風雨雷霆, 此天地之所以爲教也. 然日司陽月司陰, 燠舒寒摯, 雨潤霆鼓, 彼固各專一官, 不能以通乎其餘也. 若風則不然. 幹方而爲四, 交維而爲八, 信而爲二十四, 調而爲七十二, 無一時之非風也, 北海之起, 南海之入, 王宮庶廬, 不擇而加, 無一處之非風也, 大木之拔而句萌達焉, 堅氷之壯而波瀾興焉, 無一事之非風也. 彼受形於兩間者, 有一日離風而立者乎?

釋氏以地水火風爲四大, 形質者地也, 津潤者, 水也, 煦然而煖者, 火也. 若其噓吸詘信, 行住坐臥, 嚬笑叫呼, 凡一身之運動, 一世之作用, 固無往而不爲風也. 三古之邈, 荒矣莫徵, 自春秋以降, 如管晏之才, 儀秦之辯, 賁育之勇, 孫吳良平之智謀, 蕭曹房杜之勳伐, 蟠鬱如屈賈, 發達如弘靑, 富如金谷, 侈如平泉, 鴻舂震蕩, 紛綸旋轉, 銷沉於數百千年之中者, 有異於風之起滅於太空者乎. 若蕭朱之吹嘘, 牛李之敲軋, 朝而翕習, 夕而焚輪, 此特風之小小者耳. 謂之非風, 亦可也. 人亦風也, 我亦風也, 獨我乎哉? 曩亦風也, 今亦風也, 獨是樓乎哉?

顧處風有道焉. 凝神於漠, 委形於虛, 加之而莫違也, 觸之而莫與攖也, 風亦於我何哉. 無安無撓, 無風無樓, 何免之可喜, 何失之可懼. 子之言似矣, 無亦未離夫畛者乎?"

遂書之, 以爲風樓記. (『臺山集』卷7)

應客

|

  風棲主人, 平居罕接人, 卽接人, 言語甚簡, 於時事, 尤大禁也. 一日, 客有舊相好而新與要路暬者, 枉道而訪之, 衣馬僕從, 軒如也. 話間, 客以時事及焉, 主人謝不知. 客怒曰: "以舊相好也, 吾無隱於公, 何見拒之深也?" 主人不得已隨其問而應之十餘, 反不合者多. 主人笑謂客曰: "公知不合之由乎?" 曰: "不知也." "公知儒家有性理氣之論乎?" 曰: "不知也."

  主人曰: "儒家有性理氣之論, 從理而言, 天下之性無不同, 從氣而言, 天下之性無不異. 知所以同異而同異之, 同與異, 皆可也. 有拗而喜爭者, 見人說同, 執氣而難之曰: '是異, 惡乎同?' 見人說異, 執理而難之曰: '是同, 惡乎異?' 是以萬言而萬不合也. 論事亦然.

  生斯世也, 語斯世也. 彼我之相形而恩讐生, 强弱之相乘而詘信出, 利害之相懸而趨避異. 混混而羣, 未見其必非, 介介而獨, 未見其必是者, 機勢之說也. 投世於千古之上, 超身於萬衆之表, 彼我不設, 强弱不較, 利害不參. 其羣也非黨, 其獨也非怪者, 理道之說也. 二說之不能相無, 猶性之有理氣也, 二說之不可相錯, 猶論性者之不可執彼而難此也. 今僕與公之不合, 豈亦有錯而近於拗者乎?

雖然, 公顯人也, 所與遊, 皆當路英豪, 機勢之說, 固其所猒聞也. 乃今枉車騎於江湖之上, 不鄙而與僕語者, 意其於所猒聞之外, 猶有餘說也. 而僕復以其所猒聞者進焉, 是操魚鼈而餉江海也, 而公復以其所進之異於所猒聞者疑焉, 是索菜菓而疑其味之異於梁肉也, 不亦左乎? 抑僕聞之, 君子所病乎己者三. 認善爲惡, 認惡爲善, 意見之病也. 知善而不能從, 知惡而不能違, 志氣之病也. 知善而不能從, 恥其不能從也, 從而爲之辭曰: '彼固非善也.' 知惡而不能違, 恥其不能違也, 從而爲之辭曰: '此固非惡也.' 此心術之病也. 意見之病, 悟則可無, 志氣之病, 勉則可去, 病在心術者, 終身而已. 興王之所棄, 而聖師之所絶也. 人苦不自知耳. 意見志氣, 愚未敢自信, 乃若心術之病, 固日夜所兢兢也. 公之高明, 寧有是乎?"

客默然良久曰: "公之言然."

客去, 門人問曰: "機勢與理道, 終不能一之乎?"

曰: "何爲其不能也? 君子在上則用理道而爲機勢, 君子在下則舍機勢而從理道. 張子曰: '氣質之性, 有不性焉.' 亦此類也."

曰: "然則先生, 何不遂以語客?"

曰: "問而不盡吾辭, 其名曰嗫, 不問而惟吾辭之盡, 其名曰嚾, 嗫則絶物, 嚾則失己." （『臺山集』卷9）

雲石說

太山之雲, 觸石而起, 膚寸而合, 不崇朝而雨, 天下太山者, 固雲之所祖也. 非石, 山不能成體, 雲無所觸而起而雨也. 然詩人之頌雨澤曰:"有渰萋萋, 興雨祁祁." 又曰:"上天同雲." 傳曰:"望之如雲." 皆稱雲而不稱山.

聖人通幽明之故, 崇德報功, 制爲祀典, 高山大川, 能出滋液, 以利萬物者, 咸領於秩宗之官, 而太山爲之首, 自虞舜氏, 始見於經. 爲東巡狩, 考制度修禮樂, 集玉帛死生之物之庭, 太山之跡, 於是盖赫赫大顯, 而山之石, 又未嘗表而出也. 然大旱, 水泉涸, 草木枯, 沙土焦, 凡麗于山者, 無不熇然不寧. 而臚圭璧旅羊豕, 歌哭而請者, 日紛若於天門日觀之下, 則太山之神亦瘁矣.

惟石也, 塊然中處, 彌歷年紀, 澤不已德, 燥不已病, 頹乎其無爲也, 寂寥乎其無所知也. 及夫旱極而欲雨, 則勃然而觸, 潝然而起, 沛然而下, 終不能舍石而他之也. 可以顯也, 可以晦也, 可以才也, 可以不才也, 可以處患難也, 可以享安樂也, 石之德, 其淵矣乎.

在「乾」之「文言」曰:"不易乎世, 不成乎名, 遯世無悶, 不見是而無悶, 樂則行之, 憂則違之, 確乎其不可拔, 潛龍也." 夫確不可拔者, 非石之象乎. 積確而不已, 則雲行雨施, 天下平也.　(『臺山集』卷9)

闕餘散筆(抄) — 나를 나답게 하는 것

주체적 자아로서 나

我者身也, 我我者心也. 忽然而冥我失所在者, 非我遂亡, 我我者亡也. 翻然而覺我便在是者, 非我始存, 我我者存也. 我我者存, 然後睿知生而仁義出矣. （卷4 ; 37條）

有私己之我, 有主宰之我. 私己之我, 不可有, 主宰之我, 不可無. 絶四無我, 私己之我也. "千萬人中, 常知有我." 主宰之我也. 然一念之發, 察之未精, 則認私己爲主宰者, 有矣. 此愼獨君子所兢兢也. （卷4 ; 60條）

立心要弘廣, 而迂疎者託焉, 做事貴密察, 而纖瑣者依焉. 柔和少操執, 剛介多刻削. 愼重患姑息, 敏銳忌輕脫. 擇善不精, 而以堅確自喜者當路, 則誤國戕民. 趨義不勇, 而以恬靜爲悅者臨難, 則遺君後親. 有是德而無是病, 惟有學者能之. （卷4 ; 78條）

志不可不大, 無學行以充之, 竇人之說金璧也. 氣不可不剛, 無

道義以將之, 狂人之蹈水火也. (卷4 ; 42條)

선과 악

向善要純, 守善要剛. 向之謂深矣, 而畸獨之至, 不能無貳者, 不純之故也. 守之謂固矣, 而窮阨之甚, 不能無動者, 不剛之故也. 致剛在純, 致純在精. 何謂精? 公私義利之辨而已矣. (卷4 ; 45條)

同類相就, 異類相背, 物之理也. 故爲善然後, 能好人之善, 不爲惡然後, 能惡人之惡. 見善而不能好, 藉曰爲善, 吾未之信也. 見惡而不能惡, 藉曰不爲惡, 吾亦未之信也. 何以知其然也? 『易』曰 : "類族辨物." (卷4 ; 49條)

未必有大惡可誅, 而有其萌, 間輒發見, 未必無小善可紀, 而無其根, 終亦消歇, 此所謂衆人也. 除惡務絶其萌, 爲善務立其根, 名之曰學者. 惡萌絶善根立, 然後君子. (卷4 ; 50條)

驕吝者, 百病之根也, 名利者, 萬惡之基也. 內絶驕吝, 然後存心實, 外超名利, 然後見理明. 不絶不超, 雖曰爲學, 終不離虛僞邪暗四字. (卷4 ; 76條)

말과 행동

禁無益之言, 可以養德, 省無益之事, 可以養生.　(卷4 ; 44條)

行不可後, 言不可先. 行不欲缺, 言不欲贅. 何謂也? 曰 : "行者, 所以自治, 言者, 所以教人. 自治急故不可後, 教人緩故不可先. 行生於己, 體之而方有, 故不欲缺, 言備於古, 述之而已足, 故不欲贅."　(卷4 ; 46條)

제2부 참 지식인의 삶과 자세

自有所記

|

首陽氏解北符歸, 治蘆原舊業, 扁其燕坐之室曰自有所, 書抵石陵子曰: "先大夫醇庵公, 嘗有「詠蝸詩」曰: '自有安軀所, 胡爲負殼行.' 夫蝸之爲物, 至微耳, 止一殼周形, 而衣服宮室藩籬之事, 畢矣. 斂焉潛伏, 多靜少動, 無競於物, 物亦莫之競也. 君子之固窮守約, 有似焉者. 此先大夫所取以託興者也. 小子不才無能, 爲役於前人, 而謬通朝籍, 于世直贅疣爾. 嵁巖浚谷, 莫與余爭所, 而有不能盡如其志焉, 則茲業之營, 盖下策也. 然其寬閒塏塏, 環以溪山, 視城市且有間, 於以安身, 有餘所矣. 庶幾優遊息偃, 卒無大過, 用靈承先大夫遺訓乎. 願吾子一言發揮之也."

石陵子還書諾之. 文未就, 客有聞而疑之者曰: "蝸之有似乎固窮守約, 誠有如首陽氏之言者矣. 若醇庵公, 豈非所謂君子而豐亨者乎? 盖當我正廟之世, 聖人在上, 朝著淸明, 醇庵公以喬木舊臣, 起膺寵光, 提文衡握銓柄, 贊鍾鏞黼黻之治者, 十有餘年. 象之於物, 鴻羽之儀, 而豹文之蔚也, 應龍之爲變, 而騶虞鸑鷟之爲瑞也. 釋此不有, 顧蝸焉是取, 無亦於時位不類歟? 將詠之漫也, 首陽氏推演之, 特過歟."

石陵子曰: "不然. 子徒知窮約之非豊亨, 而不知豊亨之未始無窮約也. 今夫有人於此. 珮玉而容不改乎縕袍, 列鼎而心不忘乎飲水, 湫湫乎其如有憂也, 瞿瞿乎其如有畏也, 吾未知其於豊約窮亨, 何居也. 蓋嘗觀采於朝矣, 炎炎而烘也, 嵬嵬而累也, 躍躍而趨也, 已而烘者熄, 累者陊, 趨者蹶, 忽焉如草木花葉之代謝, 無能有終歲淹者. 然後知君子之豊亨, 其歸果有在, 而所謂湫湫瞿瞿者, 終未嘗一日與枯槁澹泊離也. 不佞晚進也, 於醇庵公, 不獲及供灑掃矣, 而冲夷恬素, 處顯如晦, 此首陽氏之行也, 溯流探源, 考德有自. 及得公遺集而讀之, 觀其一生精力, 亹亹乎圖書象象, 而巾箱之秘, 期之百世, 則乃肅然而敬. 知公之風懷識趣, 去人遠甚, 未可以淺窺也. 君子之通乎道也, 無往而不用其觀, 尺蠖之蠢而仲尼稱焉, 奚獨疑醇庵公之蝸之取之不類乎."

客曰: "子之言則然矣,『大傳』曰:'利用安身, 以崇德也.' 夫安身, 必言崇德, 聖人之微意也. 詩不及焉, 何也?"

曰: "軀者, 形體而已. 身也者, 合心性言行而名者也. 故稱軀而不稱身, 人物之辨也. 詳物而畧於人, 比興之義也. 首陽氏能於繼述, 當自得之也. 且丘隅之止, 不及至善, 豈非歇後語耶?"

客慚而退. 旣而, 首陽氏督文急, 石陵子謝不敏, 姑以語諸客者質焉, 首陽氏曰: "記如是足矣, 何以文爲?" 遂錄而揭諸隅. (『臺山集』卷7)

易安齋記

魏晉之間, 名教頹而士不知義, 靖節陶公, 起而一振之. 其高風大節, 與殷之二子‧漢之武侯, 殊轍齊歸, 而文章又足以發之. 故至今學士大夫, 仰之如山斗, 詠誦其言, 上班風雅, 機雲顏謝, 莫之與競. 而水邊林下, 吟軒嘯榭, 柱顏而楣額者, 往往皆公集中語, 此秉彝好德之所同也.

然衣冠叔教, 不可作相, 姓字孟公, 祇以驚座, 則名之襲而實之違, 君子亦無取焉. 惟唐顏公眞卿, 有「醉石庵詩」, 宋蘇公子瞻, 有「和陶」諸篇, 皆得與公並傳, 而蘇公又嘗以容安名其亭. 千餘年間, 數學士大夫慕陶者, 必推二公爲首, 餘人不與焉, 何也? 以其平生志節, 配之無慚, 而臭味神氣之感, 非摹擬影響可比也.

李侍郎稦尊, 卜築廣州之老谷, 有屋數楹, 藝桑麻栽松菊, 名之曰易安齋. 稦尊始仕爲貧, 浮沉郡縣十餘年, 及其釋褐升朝, 已踰知命. 視陶公八十日彭澤, 四十一歸田園, 已逕庭, 旣築于茲, 亦有官或起, 今儼然亞卿矣, 揆諸名實, 無亦乖牾而不相副歟. 顧余與稦尊, 少也友, 知其賢. 又相視白首, 所與閱歷觀玩于裘葛齋潦之遇者, 不爲不深, 則盖亦歎爲難及, 不敢與摹擬影響者, 漫然一槩論也. 然不以頌而以規, 朋友之道也. 稦尊誠賢矣, 稦尊之慕陶誠至矣, 特其友識之耳. 置稱尊於千載之上, 而使今人考德論世, 得與顏蘇二公並稱爲三, 則余亦有未敢信者. 後之視今, 猶今之視昔, 是在稱尊自期待如何耳.

孟子論伯夷·伊尹·柳下惠三子者, 道不同而斷之曰: "仁而已矣." 至論仁則曰: "仁, 人之安宅也." 陶公, 盖有見乎此. 而以寄傲容膝, 託之形軀之粗者, 其旨微矣. 苟不察其旨, 而徒以形軀云乎, 則敗舟奔車, 有時代步, 朝衣塗炭, 舒肢體有餘地矣, 又何必南窓東軒, 有琴有書然後謂之安乎. 稱尊之賢, 講此其熟矣, 余言不已煩歟. (『臺山集』卷7)

任小學傳

任保者, 其先豐川人, 後徙楊州. 兄侃, 治儒業, 從遊溪湖金先生. 保幼失學, 年三十, 不識一字蠢如也. 家貧有老母, 與侃同室而養. 侃文弱, 不能幹事, 保强力果敢, 耕樵漁獵, 皆兼人數倍. 竈庖爨烹, 一切賤猥, 悉身爲之, 朝夕治饔飧饗母, 飯溢于簞, 羹凸于桓, 鮭鱼菜芼, 潔腆可餐, 母飽而怡, 保亦欣然自得也.

輒呼其兄大言曰: "伯讀書安用? 豈若我不識字, 使吾母不饑不寒, 爲能孝者?"

侃病之, 嘗從容謂曰: "汝信孝矣. 然人不可以不讀書也."

保怒曰: "伯欲凍餒吾母耶? 使我復效伯之爲也."

侃曰: "汝謂讀書害養耶? 我自駑弱不能耳, 以汝之材, 讀且養, 奚不可? 且吾固不足效. 吾師溪湖先生, 大賢也, 可見而請業也."

保掉頭曰: "溪湖先生, 干我甚事."

侃無如之何. 居數日, 保謂侃曰: "適思之, 伯言亦有理. 然我鄙人也, 不可以見溪湖先生, 伯試取書之易曉者, 爲我說, 我試聽之. 聽而不好, 是伯誑我也."

侃從先生所借『小學』一册, 以方言解說數段, 保頗傾聽. 復以文字譯之, 使讀四五日, 易一板, 至十餘板, 則保喜躍曰: "書定奇好.

微伯, 幾誤一生. 伯信不我誑也."

每朝晝出, 服勤執役如故, 暮歸蒸松胰爲燭, 披閱咿唔, 盡丙夜爲率. 煤熏靱觸, 紙渝弊且滅, 侃懼曰: "先生甚珍書笈, 今壞汚如此, 先生大何矣."

懷其冊, 走謁先生, 告以故, 且請罪. 先生曰: "無傷也. 是子可教, 盍與俱來."

保見先生, 嶷碩矼厚人也. 先生大悅, 自授之竟帙, 保亦感激自勵. 讀日富, 養日勤, 言貌行事, 日以修飭. 鄉人有不是, 引『小學』以規, 多信服改行. 嘗賣薪于城, 同伴得遺劒. 保叱之, 卽棄不敢有. 保壽七十餘, 終于家, 盖讀『小學』四十年. 雖在道路畎畝, 不一日輟, 他書不能旁及也, 鄉中稱任小學.

贊曰: "子言之質勝文則野, 文勝質則史, 言史與野, 皆不可也. 至論禮樂則欲從野人, 嫉世之以文滅質也. 若保者雖有歉於彬彬乎, 豈非所謂野而可從者歟. 彼博物洽聞, 工文辭嫻威儀, 自命爲君子, 而入其室, 父子兄弟蠻髦如者, 獨何人哉. 當元陵世, 任小學之名, 聞一國, 自京師搢紳大夫, 以至四方章甫, 多造其廬而禮焉. 有不識廬者, 卽數十里外, 菟童耘婦, 莫不指以相告. 是故, 保雖退然窮巷, 門外車馬之迹, 猶康莊焉. 保誠難得, 抑士大夫尚德之風, 何其篤也. 今皆不可復見矣." (『臺山集』卷9)

顧亭林先生傳 / 闕餘散筆(抄)

亭林當啓禎之際, 目擊邦猷潰訌, 邊籌疎舛, 言之輒呐呐. 而至論烈皇帝英明恭儉, 身殉社稷事, 未嘗不咨嗟頌歎, 稱其仁聖大行, 哀詩及祭欑宮文四篇, 嗚咽衾欷, 使百世下讀者, 涕汪汪不能收, 可謂忠矣. 有魯連之心而宛見秦帝, 有子房之志而未遇漢興, 何其悲也. 或曰 : "亭林, 信忠矣, 其學則博而不醇. 近世中州金石考證之學, 汗漫穿鑿, 甚至詆斥程朱者, 推其原, 未必不自亭林啓之也."

余曰 : "不然. 亭林一驢遍海內, 窮極幽深, 其意未可與人道. 金石考證, 蓋有託而逃焉者也. 其在華下, 羈旅瑣尾, 饘粥不遑給, 而捐橐資四十金, 助建朱子祠. 非篤慕不能如是, 其學之醇可知也. 烏可與西河東原詭文破義, 毀冠裂冕之徒, 同類而共譏之也. 今天下雖左袒, 苟民彝之不盡泯也, 儒林之間, 尊尚宜無異辭."

而嘗見李光地『榕村集』, 有「寧人小傳」, 於其平生志節, 畧不槩及, 獨擧音學一撰, 稱爲博雅, 豈有所忌諱而不敢盡歟. 又謂其孤僻負氣, 譏訶傷物, 吳人訾之. 夫亭林, 四海一人, 安得不孤僻, 擧世無當意者, 安得無譏訶. 以是而詆亭林, 是詆伯夷以不與鄉人立也, 其可乎哉? 光地, 貴而文, 吾恐是說之行, 而天下民彝之卒胥而泯也. 故摭其行事著見者, 爲「顧亭林先生傳」. 　　(『臺山集』卷9)

明祚旣終, 衣冠塗炭, 而遺民逸士, 隱居自靖, 以俟河淸者, 亦所在有之. 康熙十八年己未, 大徵天下博學鴻儒六十餘人, 直授內閣中書官, 如李因篤·朱彝尊·潘耒等, 半世林下 不事擧業者, 皆不得免, 或迫而後起. 蓋是時, 吳·耿兵起, 四方雲擾. 燕中之隱憂深慮, 視若敵國者, 在於儒林一種, 故以此爲牢籠駕馭之具也. 秦人以坑, 淸人以徵, 其事雖異, 其術則同. 以世主謀國之計言之, 則坑不如徵, 以儒者潔身之道言之, 則徵不如坑. 均之爲天地間否運也. 不坑不徵, 身名俱全者, 惟顧亭林一人而已. (卷3 ; 24條)

闕餘散筆(抄)

士君子立心行己, 須有規模, 而所謂規模, 有大小間架. 踐形盡性, 以聖人爲期者, 大間架也, 因所遇之時世而處之有顯晦, 據見成之學識而用之有闊狹者, 小間架也. 小間架, 未嘗不包於大間架之中. 而以其終身標準, 更無展拓, 故謂之大, 以其隨時變通, 各有界分, 故謂之小. 二者不可偏廢. 必也致曲乎其小, 而會極乎其大然後, 高不墮虛空, 卑不滯褊陋, 而儒者之事, 無餘憾矣.

竊觀後世學者, 全無規模可言. 其大者, 盖已置之溟涬之外, 不能關諸念頭矣, 卽其小者, 又不曉隨時適中之爲至善. 就氣質所近便宜所在, 粗可名一善者, 竊據私占, 奉以爲無上珍藏, 而萬理百行, 一任其虧闕, 畢竟成就, 非墨則楊. 視堯舜孔孟之軌, 不啻燕粵. 眞儒之不作, 聖學之不明, 良以此也. 可勝歎哉. 　　(卷4 ; 23條)

제3부 세상 사물의 진면목

此君軒記

|

竹, 植物之一也. 無情意·無運用, 受命於地, 條達而葉附, 與衆草木無以異也. 然詠於『詩』·記於『禮』, 無賢愚貴賤, 皆知愛好, 歷數千年不倦, 豈不以凌霜雪貫四時, 挺然不詘, 有似乎君子之德耶. 『詩』云: "高山仰止, 景行行止." 雖不能至, 心嚮之, 此烝民秉彝之天也.

昔蔡伯喈沒, 孔北海, 引虎賁士與坐曰: "雖無老成人, 尚有典刑." 伯喈, 一文人也, 虎賁, 特形似耳, 猶尚如此, 況君子之不爲文人而德性之進乎形者耶. 竹之見愛於人也, 固宜.

然天下之物, 莫貴乎其眞. 愛其眞而有餘然後, 推及於其似, 本末之序然也. 而三代以降, 君子之遭遇顯融, 歷世罕値, 而竹之愛, 未嘗一日而或渝, 輦輸舶運, 封植以侈園林之觀者比比也, 亦獨何哉? 交臂而失, 隔面而摹, 惟末是徇, 本之則無, 悲夫!

莊生曰: "大冶鑄金, 金踊躍曰: '我且必爲莫邪.' 大冶, 必以爲不祥之金." 然則竹之所以得全其愛者, 亦無情意·無運用之故耳. 使其介然有覺, 翹翹焉欲自異於妖英浪卉之間, 則其不摧捆而剪伐

之者. 亦寡矣. 而況知周乎萬事, 身履乎百變, 妍媸好惡, 相怨一方,
其遇患, 何可勝道也. 貞而不耀, 直而不衒, 有君子之操, 而無君子
之厄, 非致虛而守靜者, 不能也, 而竹之德, 殆庶幾焉. 斯義也, 宗
於柱下, 而晉時名士, 頗能言之. 雖非吾儒之正, 而君子之處衰世
者, 或有取焉.　　(『臺山集』卷7)

鵲鷗說

安谷之南, 有大樹, 其顛, 鵲巢也. 始鵲之未巢也, 羣鳥之朝暮過是樹者, 輒盤桓躊躇焉. 類不肯捨者, 知巧下, 讓績于鵲. 巢旣成, 有巨鷗領其族百數, 環樹而舍, 使數輩逼其巢以譁之. 鵲度不可敵, 棄之去, 樹入于鷗.

越七日夜, 天大雨雪以風, 樹凝而稼. 鷗方宿未覺也, 附樹靡者, 太半餘越于下, 童子徒獲焉. 其幸而逸者, 不知稼使然也, 謂樹不吉殲吾族, 他日過之, 違樹丈許地不跡. 羣鳥亦相戒也, 無敢盤桓躊躇如昔日者. 鵲覘知之, 莫己毒也, 乃返巢如初.

君子曰: "語稱鵲, 靈鳥. 靈, 知也善也. 夫擇地而居, 衆莫之先, 如其靈, 知不可敵而去之, 如其靈, 害旣遠矣, 安土而不惑, 如其靈. 忮, 德之賊也, 暴, 德之殘也, 昏, 德之蔽也. 而鷗皆有焉, 其及也, 固宜. 儒者之言曰: '天有常道, 殃慶用善惡施.' 盖觀於此而信焉. 然以施諸人者考之, 又未必盡然, 何小察而大遺也? 豈人固有不可勝, 而物微易制耶. 將人可以理悟, 姑借物以顯其戒用耶, 抑常未始忒, 遲速繫乎氣數, 是其速者耶." (『臺山集』卷9)

海岳錄序

|

天地之化, 靜爲動主, 人亦象之. 故惟心靜者, 能做百事, 動則反
是. 請以卽事明之.

金剛在國中稱名山. 自東土有文字, 遊者, 率以詩文記之, 其多,
幾乎汗牛, 而余自家先農·淵二集外, 輒不欲竟觀, 何者? 以其能
動而不能靜也.

夫觀山, 如觀人. 金剛雖勝絶, 擬之人, 不過曰聖耳. 聖人之德,
大而難名, 而孔門諸子之贊其師曰: "溫良恭儉讓." 曰: "恭而安, 溫
而厲, 威而不猛." 味其言, 皆質慤簡要, 若可循而覩也. 顔淵以不世
明悟, 竭力步趨, 極言其高遠不可測之妙, 亦止曰: "仰之彌高, 鑽
之彌堅, 瞻之在前, 忽焉在後." 又何其安閒整暇之甚也.

有人於此, 聞孔子聖人也, 嬴粮策馬, 躋階越席而縱觀之. 旣觀,
踊躍趺頓, 叫快不自勝, 退而詫諸人曰: "長九尺, 腰大十圍, 鬼桜
天神如也." 未有不笑其愚者. 余故曰: "東人之談金剛, 皆腰大十圍
之類也." 望之也, 太渴, 喜之也, 太溢, 方寸, 早已擾擾矣. 觀何由得
其深, 談何由得其精耶.

余讀十三省名山記, 如泰·華·衡·盧·天台·四明, 計其峰巒
之奇秀·洞壑之深闊·潭瀑之壯麗, 迋迋十倍金剛, 而記者自三漢

六朝, 汔于元明, 雖工拙不同, 要皆沈着有秤停, 絶少浮夸語. 以此知風氣所區, 心靈頓殊. 華裔天限, 能超而不囿者, 尟矣. 觀山猶然, 況天下萬事, 有大於觀山者乎.　　(『臺山集』卷7)

闇室銘

日之沒, 燭代之鑒. 燭之缺, 誰療此闇.

室有書, 其文炳炳, 室有人, 其瞳炯炯.

以炯炯隨炳炳, 宜無往而不獲其明, 猶且待物而行何也?

豈內不能無資乎外, 而纖必附於洪耶.

然去書與瞳, 則雖九頭之烏・百圍之蠟, 亦無所見其功.

異哉! 其爲體之懸, 而相須相合之融也.

時有顯晦, 道有室通.

闔爾書・閉爾瞳, 以竢翔陽之升東.

無與魑魅鵂梟, 爭漏刻而鬪長雄也. (『臺山集』卷9)

上歸淵從兄(抄)

|

草木遇秋, 其葉先黃, 黃極則葉之附枝處枯落, 葉旣枯落, 則枝
梢之脆小者, 津液先斂, 勁大者次之. 及到深冬, 則生意之蓄聚, 只
在地下根柢, 冬至陽生以後, 則生意自根柢而升, 幹滋枝抽而葉敷
焉. 陽之消自外而長自內者然也.

盛冬極寒, 析處奧處皆冷, 春初寒薄, 則析處漸溫, 而奧處反覺
摰凜. 及到盛夏, 則地上無寒, 而井泉極冷, 夏至陰生以後, 則靡草
死, 腐草爲螢, 皆在下而先感陰氣者也. 陰之消自外而長自內者然
也.

但所謂自外漸漸收入內, 自內漸漸散向外者, 只言其氣機盈縮
之形如此而已, 非謂以已消之餘留作方生之本也. 又陰陽雖是兩
件, 消長只是一串, 陽消處陰長, 陰消處陽長, 非陰陽對立匹處, 陽
一番消長, 陰一番消長, 如兩曜之各有出入也. 此等處, 恐當活看.
抑陽之消長易見, 陰之消長難見, 豈亦陽顯陰藏之義耶? (『臺山
集』卷5)

戲代漁者祝

天生五賊, 肇著圖書. 孰盈不損, 孰乘不除. 獸走于壙, 禽翔于
虛. 水之所蓄, 維鱉維魚. 羣然幷育, 生物之仁.

有或相制, 裁成則人. 肆昔神聖, 仰觀俯察, 制器尚象, 網罟居一.
曶醫眔麗, 眾罭纍罼, 洪微百變, 後出愈巧.

今茲之制, 匪沿匪襲. 巍鸛傍舒, 脩鱣中吸, 皤皤腹肚, 畢挬箕翕.
有幽潭淵, 相地維臧. 爰差穀辰, 載椓載張, 如入富室, 分其貝珍.
欵告不蚤, 無庶訏嚄. 凡神所涵, 有萬其倫, 搜源滌澤, 匪我思存.
約之有五, 餘可類援.

銛牙膨腹, 鼓頰張鬐, 擇肉于宗, 以豐其肌. 我網之麗, 用戒悐睢.
幡幡往來, 族蕩羣敖, 舍其淵潛, 清泠是跳. 我網之邀, 用謹儇佻.
腐骭斷粒, 舍命以射, 攫鉤觸緡, 恬不知愓. 我網之卽, 用懲昏墨.
鉤戟長鍛, 介蟲之孼, 食此稻粱, 螟螣與匹. 我網之綴, 用除殘疾.
赫赫靈胃, 維魚宛蟺鰒, 有弗克率, 是並窮敦. 我網之盡, 用勦頑蠢.

凡此五類, 亦神所羞. 假手勅罰, 莫之敢仇. 盖聞上世, 天工人代,
禮失求野, 孰謂我忕. 饞儒嘼賦, 肉食匪希, 齒奪角與, 理則庶幾.
芬芬膾魚, 飫及僮雇. 收功食報, 我餐不素. 如牛落毛, 神豈靳斯.
謂余不信, 請質庖犠. (『臺山集』卷9)

擬演連珠(抄)

臣聞 恒陰恒陽, 天道所無, 有盛有衰, 物理可徵. 動而干時, 非茂對之恭, 坐而委命, 非裁成之能. 是以隨遇行藏, 哲士審宜於潦霽, 炳幾扶抑, 大人垂戒於霜氷.

臣聞 木生而曲, 繩墨無所着手, 水流而渾, 澄淘可以鑑形. 何則? 質硬者, 近死而難變, 氣柔者, 隣活而易更. 是以百體堅凝, 千金無換骨之法, 寸心空洞, 一念有復性之靈.

臣聞 美本天成, 久施而彌章, 巧梯人僞, 暫售而終敗. 是以和氏斲璞, 朗藻不淪於窮塵, 回公鍊銀, 菲質難韜於閲歲.

臣聞 稊粱同穎, 兩託町畦, 韶鄭殊腔, 一出金石. 是以觀人必戒於採華, 修身不貴於屬色.

臣聞 榛梏至瑣, 榮蒙介丘, 沙石匪珍, 輝資瑟瓚. 是以王曰叔父, 不弛吐握之勤, 人疑夫子, 尚有離索之歎.

臣聞 列宿環周, 天步以著, 衆卉羅生, 土宜以稱. 是以德無能名而元凱之謀猷可述, 惡不如是而廉來之事業可徵.

臣聞 氷爲水凝而泮則還水, 薪以火耀而燼則匪火. 何則? 卽乎形者, 榮悴不出其域, 資乎神者, 通塞惟繫所假. 是以三代相矯, 治不易民, 六典雖存, 行必待人.

臣聞 赫曦朝升, 幽谷不漏其照, 凉露宵凝, 嘉卉先受其敗. 是以麟鳳爲畜, 無惡可擯, 天地將閉, 以善爲戒. 　(『臺山集』卷9)

제4부 진정한 주자학자의 길

闕餘散筆(抄) ― 비와 물의 비유

|

天之降雨者, 理也, 地之載水者, 性也. 地之有江河井沼, 與夫溪澗之斜直方圓淺深者, 人物之形氣也, 水之濕潤就下者, 性之健順五常也. 天命之謂性者, 猶言天雨之謂水也. 人物之生, 各得其所賦之理, 以爲健順五常之德者, 猶言江河井沼溪澗, 各得其所降之雨, 以爲濕潤就下之德也.

爲性道異之說者, 譬如指江河井沼溪澗曰: "雨則一也, 江之水淸, 河之水濁, 井之水湧, 沼之水渟, 斜之水斜, 直之水直, 方圓之水方圓, 淺深之水淺深. 濕潤就下雖曰同, 然江河之潤下大而全, 井沼之潤下小而偏. 故曰雨同而水不同. 若曰雨水皆同, 是理氣混爲一物也."

此以江河井沼溪澗爲主, 以雨水爲賓而言者也.

爲性道同之說者, 譬如指雨水曰: "是雖在江而淸, 在河而濁, 在井而湧, 在沼而渟, 在斜而斜, 在直而直, 在方圓而方圓, 在淺深而淺深, 其得雨而爲水一也. 濕潤就下, 雖有大小偏全之別, 旣曰水矣, 有不潤而下者乎? 故曰水卽雨也. 若曰雨同而水不同, 是性理判作二物也."

此以雨水爲主, 以江河井沼溪澗爲賓而言者也.

二說不可偏廢, 盖性不可以一槩言也. 聖賢說性, 有主氣處, 有主理處. 主氣處當從前說, 主理處當從後說. 『中庸』天命之性, 明是主理而言, 則取舍之分, 庶乎有在矣.　　(卷1 ; 1條)

闕餘散筆(抄) — 모든 도리의 근원은 같다

君之令, 移之於臣則爲恭, 臣之恭, 移之於君則爲令, 父之慈, 移之於子則爲孝, 子之孝, 移之於父則爲慈, 以其一原之同也. 以此推之, 則牛之耕, 移之於馬則爲載, 馬之載, 移之於牛則爲耕. 鷄之司晨, 移之於犬則爲守夜, 犬之守夜, 移之於鷄則爲司晨, 無往而非一原也.

又通人物而推之, 則人之耒耜緣畝, 負戴行路, 治曆明時, 擊柝禦暴, 有異於牛馬之耕載 · 鷄犬之晨夜乎? 特此廣而彼狹, 此精而彼粗耳. 有廣有狹, 有精有粗, 分殊之異也, 合廣狹通精粗, 而單言其當然, 則一原之同也.　　(卷1 ; 14條)

闕餘散筆(抄) — 학문의 길

學者無他. 爲善而已. 但善不可以徒爲也. 必須探究講習, 積累培養. 使道理慣熟於眼, 趣味浹洽於身, 然後事之應乎外者, 總貫一本而善始無不實矣. 此致知存心, 所以居力行之先, 而其名曰學之體也.

善不可以知而遂已也. 旣有得於心矣, 則在閨門而有閨門之事, 在朝廷而有朝廷之事, 人物之邪正, 當辨別也, 言議之得失, 當裁擇也. 禮樂敎化之廣大, 錢穀兵刑之猥瑣, 凡事之在天壤之內, 而不得不與吾身相接者, 必須隨其知之所及而處之有道, 不以精粗而取舍. 然後理之具乎內者, 俵散萬條, 而善始無不著矣. 此中節之和, 所以承大本之後, 而其名曰學之用也.

兼體用・該事理, 統名之曰學. 而其歸成, 得一箇善而已. 世之甘心爲惡者, 固已無可奈何, 志於善而終不得入於善者, 吾見亦多矣. 蓋有兩種焉.

其一, 於身心性情, 初無密切親貼之工, 却向外面粗跡, 覔取一二好題目, 襲而行之, 認作安身立命之地. 只論其事則非不善矣, 而殊不知探究未精, 培養未厚, 則或明其一而闇其二, 或修於此而闕於彼, 終不能据爲己有矣. 此知用而不知體者也.

其一, 有見於彼之爲陋也, 喜簡潔慕周全, 以少可爲高, 以一節爲恥. 只論其意則非不善矣, 而及其臨事應物, 巽愞萎腰, 都無運用. 居家則雍容起居而百爲不理, 立朝則醇謹進退而一長無紀. 人物之邪正則曰: "是奚足犯手也?" 言議之得失則曰: "是奚足開口也?" 禮樂則曰: "未暇也." 錢穀則曰: "不屑也." 然則何所爲哉? 兀然塊然, 虛矜實歉, 直暗瘻以終身耳. 以此求多於流俗, 不亦難乎. 此知體而不知用者也.

是二人者, 一則病在心癡, 一則病在膽弱. 一則如南粤王之黃屋左纛, 擁假尊而擬良貴, 一則如劉繇 · 王朗之今歲不戰, 明年不征, 談聖賢而蹈危亡. 門路雖殊, 其軼於善而畔於學一也. (卷4; 24條)

闕餘散筆(抄) — 공부의 처음과 끝

|

學之一字, 權輿於「說命」, 而說之言曰 : "惟學遜志, 務時敏, 厥
修乃來. 允懷于茲, 道積于厥躬." 遜志 · 時敏 · 允懷, 工夫也, 修
來 · 道積, 功效也.

摽揭以爲高, 誇張以爲大, 非遜志也, 悠緩而不切, 疎率而不
精, 非時敏也. 盖學所以爲己也, 纔有虛驕務勝之心, 則量狹識
蔽, 外騖內荒, 無以受益而擇善. 故遜志爲居業之基址. 志旣遜
矣, 而苟不隨時隨處, 孳孳用力, 則斯須之弛, 而前功盡棄, 豪
忽之遺, 而全體不完. 故時敏爲進德之節度. 此二者, 工夫之始
終也.

基址立矣, 節度備矣, 則施身而身修, 施人而人理. 如種必穫, 如
食必飽, 有不期然而然者, 所謂厥修乃來, 而信息見矣. 修來不已,
富有日新, 則道德充積, 與身爲一, 應不窮而用不竭, 所謂道積厥
躬, 而成就極矣, 此二者, 功效之始終也.

然功有大小, 效有淺深. 苟不能誠實恒久, 念念在此, 則纔見小
獲, 不求深造者有矣. 故復以允懷于茲, 錯擧提醒於功效始終之間,
以明信息旣見之後, 成就不可以不極.

只寂寥二十言, 而學問之科程位級, 文字之排置操縱, 種種纖悉,

無以復加,『尚書』古文, 可疑甚多, 未必皆孔壁眞本, 而此一段則分明是古聖之訓也.　(卷4 ; 26條)

闕餘散筆(抄) − 문자에 대한 편견

文字從言語而生, 言語以時代而異. 虞夏所無之字, 商周有之, 商周所無之字, 秦漢有之者, 時代然也. 時代之所通用, 則斯用之矣, 古今何論焉, 異端吾儒何擇焉. 所可辨者, 其指意所在耳.

苟不察其指意所在, 而徒據字樣, 是古而非今, 執彼而難此, 則席必哀公之席, 錢必太公之錢, 而貌類陽虎, 不免爲夫子之累, 不亦拘乎? 仁智二字, 典·謨所無, 而鄒·魯以後, 列於五德, 「湯誥」之前無性字, 仲尼之前無理字, 而今之學者開口必稱性理者, 以其言之者皆聖人, 故尊信而無異辭耳.

向使殷·周以下諸聖人, 不甚尊信, 而有一玫證者出於其間, 顯顯然執古今以爲與奪, 則仁智性理等字之無於典·謨, 其爲可議, 何異於眞字之無於五經耶.

或曰 : "亭林之惡眞字, 以其始見於老·莊之書, 吾儒不當襲用也. 今子以經文聖訓之古無今有者, 引而相難, 何其言之疏而辨之强耶?"

曰 : "吾將畢其說. 夫所謂異端之書, 吾儒不當襲用者, 字樣云乎, 指意云乎? 如曰字樣云乎, 則不惟見於彼書者, 吾不當襲用, 雖見於吾書者, 一經彼用, 皆當諱而避之耶? 道德二字, 老氏建爲宗旨,而贊堯授禹, 其文則同. 『易』言寂, 孟子言覺, 曰寂曰覺, 皆禪書中語也, 子將何以處之? 如曰吾之所謂寂覺, 與彼之所謂寂覺, 字同而指不同也云爾, 則吾亦曰周子之真與老莊之真, 字同而指不同也. 覺者佛之翻義也, 孟子言之, 則不疑其涉禪. 真者, 實之代訓也, 周子言之, 則疑其襲莊, 豈亦以時世之遠近而上下其手耶?" (卷3 ; 31條)

朱子大全箚疑問目標補序

六經, 尚矣, 自語孟庸學以下, 文而載道者, 惟朱先生『大全』, 可以當之, 學者所宜盡心也. 顧其書, 積卷踰百, 宏衍浩瀁, 卽無論義理精微, 當年難究, 取材用事, 包羅四部, 隻字片句, 率有來歷. 答語之隨問者, 非勘合彼此, 不省也, 時事之擧槩者, 非稽攷首尾, 不晰也.

夫所貴乎先生之書者, 道也, 非文也. 然不通乎文而能通其道者, 亦未之有也. 是故, 先生之於語·孟·庸·學, 蓋嘗專一生之力, 用寸陰之功, 漫箋瑣訓, 動易數薰. 夫然後孔·曾·思·孟之道, 如日星之中天, 人得以見之, 此先生之大有造於斯文也.

先生之道, 孔·曾·思·孟之道也. 讀先生之書者, 不以先生之所施於孔·曾·思·孟之文者施之, 其文尚可曰尊其道乎? 此『陶山記疑』之所以作也. 然『記疑』之作, 止據『節要』, 又燕購未廣, 書籍有限, 不能免疏略. 於是乎有尤翁之『箚疑』焉, 『箚疑』則大備矣, 書未成而有楚山之禍. 受尤翁之付而卒其業者, 我家文簡公『箚疑問目』是已. 先生之書, 東來且三百年, 前後歷三賢而後, 文闓而道著, 始得與淳熙之四書比, 何其韙哉?

蓋自鴻荒開物, 以至三代禮樂, 非一世而成也, 自奇耦畫卦, 以至二篇象象, 非一人而了也. 因乎前者, 有本, 竘乎後者, 無窮. 論 紾沿則難易分, 於始終則疏密形, 亦自然之勢也. 然問目云者, 本 以佐成篰疑, 故公嘗曰 : "篰疑行, 問目不須出." 蓋推美而自晦也. 雖然, 此自其未行而言耳, 今篰疑旣行而問目太半見遺, 竄改移動, 又或不如舊說之安, 則讀者病之, 久矣. 於此而不出問目以佐之, 是先生之道終於不著, 而尤翁及公相付受拳拳之至意, 無以暴於 世也. 拘而不變, 爲後人者, 與有責焉.

邁淳竊不自揆, 與從兄副學, 謹就公手薰, 標取其見遺於篰疑者, 別爲一書, 間附愚意, 補其一二. 又原薰首逸不傳, 尾触不續, 輒敢 掇拾聞見, 略加塡足, 總爲二十四卷, 名之曰『篰疑問目標補』. 繕 寫令可行, 擬與同好者共之. 雖於斯文斯道, 不敢與議, 抑尤翁及 公相付受拳拳之志意, 因是而暴於世, 則杞宋之得, 君子或有取焉. (『臺山集』 卷7)

答丁承旨

秦火之後, 六經殘缺, 辛勤掇拾, 作爲箋注, 使古聖遺言不墜於地者, 皆漢儒之力也. 其功曷可少哉. 但於道理大原, 未甚明瑩, 故或流於讖緯, 或溺於度數, 而學者修身切近之方, 帝王御世經遠之謨, 槩乎其未有發揮也.

至濂洛諸賢, 先後繼作, 而朱夫子集其大成, 始得千載不傳之緒, 以約情復性, 爲聖學之基, 以窮理格物, 爲治平之本, 主一無適之爲敬, 當理無私之爲仁. 指示眞切, 考質無疑, 破反經合道之謬義, 而王伯之術明, 辨皇極大中之錯解, 而好惡之情正, 其摧陷廓清疏瀹闡發之功, 雖謂之不在禹下, 可也.

然向非兩漢諸儒爲之梯級, 則雖以程朱之明睿, 亦何能徑超斷港, 直造眞源也. 是以朱子於漢儒, 未嘗不拳拳尊護, 所注羣經, 凡係禮樂名物文字聲形, 輒皆恪遵其訓, 至甚不得已然後, 始乃易以己說. 而從違取舍之際, 又必兢兢致愼, 要令理勝而義明而已, 未敢輕呵前人, 取快筆舌. 其才如彼其高, 而其心如此其公, 所以其言之端的可信, 非餘人所及也.

然聰明有限, 義理無窮, 千古之業, 當與千古共之. 喜同惡異, 惟其言而莫予違, 豈朱子之本意哉. 誠使後之君子, 體當日之心, 用當日之工, 志在講明, 不雜他念, 則尊尙古註, 本非惡事, 唯諾新說, 亦是死法. 公聽並觀, 惟善是師, 夫誰曰不可.

而竊觀明淸以來儒士之粗挾才氣, 不肯專心事朱者, 類皆擡毛夯鄭, 自命古雅, 而以『章句』『集註』, 歸之於功令俗學, 傲然俯視以爲高致, 是其心地眼界, 蚤已偏蔽不公. 又安能保有虛明, 瞭焉不差於金鐵珉玉之辨耶. 宗儒不作, 道術分裂, 金谿餘姚, 已置度外, 惟此一病最切, 當今有志之士, 所宜長慮而深思也. (『臺山集』卷6)

題日本人論語訓傳

日本之俗, 精技巧習戰鬪, 文學非其長. 而明季以來, 稍稍有讀書稱經生者云. 近得太宰純所著『論語訓傳』而觀之, 蓋祖孔安國·皇侃·邢昺諸解. 而以伊國所謂荻先生者, 爲繼絶復古之宗, 詆斥程朱, 不遺餘力. 其學專以外面事物爲主, 而不肯反之於內. 故凡言仁, 必以安民釋之, 凡言禮, 必以儀制釋之, 凡言道, 必以詩書禮樂釋之. 遇『集註』本心全德·天理節文·自然本體等訓, 必極口罵詈以爲浮屠之學, 其粗淺荒謬, 大槩如是.

而尤乖悖者, 有曰: "私欲淨盡, 天理流行, 乃釋氏斷煩惱修菩提之敎. 心之有私欲, 亦理也. 若果淨盡則非人也." 又曰: "有氣質然後有性, 宋儒信孟軻謬說, 以性爲本善, 而謂人皆可以爲聖人, 此佛氏之見也. 夫學者, 將以爲善去惡而至於聖也, 性非本善, 欲非可淨, 聖非人所能爲." 則彼所以爲學者何事, 而所以屈首註聖人書者, 又何意也? 詆斥程朱之不足, 上及孟氏, 則可謂變異之甚矣.

又曰: "宋儒以不仕爲高, 乃老莊方外之道." 亦爲程朱而發耳. 日本書籍, 余不能多見, 而使其學術皆如此, 則眞所謂不如亡也. 蠻夷鴂舌, 不聞大道, 啁啾咿嚶, 自鳴一隅, 誠若無足道者, 而余於是竊有隱憂焉.

我國風氣浮淺, 爲士者少眞實見解, 而好新慕奇, 甚於他方. 幸賴列聖崇儒重道, 諸老先生, 辛勤修闡, 得以維持到今, 數十年來, 撞壞盡矣. 貴遊豪擧羞薄繩檢, 而唇舌筆札之徒, 遂以丘園爲巨詐半額匹帛, 中外靡然. 於斯時也, 太宰氏之書, 踰海而來, 其聲氣之感歟. 九種之地, 文明久矣, 明而復晦, 亦非異事. 流民漂邑, 恐不可以蟻溜而忽之也.　　(『臺山集』卷8)

書四十二章經後

　佛說之以經稱者甚衆, 而『四十二章』, 乃其最初眞本, 不比『楞嚴』『圓覺』之剽竄『莊』『列』緖論. 故朱子亦以爲彼善於此. 今觀其書, 顓勸人行善改惡, 以證道眞. 而以離欲去貪, 爲改惡之基, 以堅持精進, 爲行善之階. 緩急得中, 有似乎勿忘勿助, 修證兩忘, 有似乎先難後獲. 雖其所謂道者, 與吾不同, 論其功夫, 未始有異, 而本末該具, 有可據依, 則又非淸草猫鼠說之比也.

　己丑夏, 在蓉山, 暑雨湫隘, 無以自遣. 從人借『津逮祕書』, 此經在焉. 取讀數過, 頗覺方寸淸凉. 使李君碩章移寫一本, 置巾函中, 章句之混倂者, 釐而正之, 以復四十二章之舊. 　(『臺山集』卷8)

제5부 진실한 견식, 진실한 문장

答李富平戚丈(抄)

戚姪材性凡短, 鉤深致遠, 初非其人. 重以弱冠以前, 酷被科業
所誘, 讀書作文, 太半是功令家生活, 不知有餘事也. 決科之後, 回
顧從前所爲, 孟浪無可依靠. 內省悾悾, 去不識字無幾, 由是始萌
愧恨. 取四書三經, 從頭更讀一兩回, 又取史傳子集濂洛諸書, 參
互看閱, 畧涉大意. 雖不可謂深有所得, 而口眼所歷, 心神所會, 比
昔日亦有不相類者, 而爲之不力. 又兼宦游妨奪, 輥到今日, 聰明
志氣, 已有日減之嘆. 平生伎倆, 全副在此, 毫毛匪飾也. 若是而可
以稱文學, 則不幾於王右丞一日滿天下乎? 況進乎此而命之曰經
術文章, 則殆六合之外也, 尤何敢開口與論. 而旣辱嘉命欲聞瞽說,
則管中見斑, 亦不妨披露一斑也.

　下敎以經術文章, 明示本末所在, 而卒歸重於見識. 夫經術爲本,
文章爲末. 雖以戚姪之愚不佞, 亦嘗奉敎於黃卷中矣. 至於見識,
則經術苟眞, 文章苟正, 纔明卽曉, 當體便是, 舍此豈有別討處. 從

古人物, 固有以經術文章自命, 而卒差於見識者矣. 亦其經術非眞品, 文章非正脉故耳. 然文章占地較闊, 固難以一槩言, 若所謂經術, 則如端門皇道蹉一步, 便非信地. 今以此爲虛位, 使宵小失身之徒, 得以躋攀冒占, 而以末梢成虧, 別責於見識一項, 則除非低看經術混於糟粕, 未免高擡見識淪於虛空. 命辭之際, 容或有更商者乎? 講討之道, 疑不要隱, 輒敢冒貢及此, 而悚息則深矣.
(『臺山集』卷5)

三韓義烈女傳序

爲文之體, 有三. 一曰簡, 二曰眞, 三曰正. 言天則天而已, 言地則地而已, 是之謂簡. 飛不可爲潛, 黔不可爲白, 是之謂眞. 是者是之, 非者非之, 是之謂正.

然心之微妙, 待文而著, 文者, 所以宣己而曉人也. 故簡言之不足則繁詞以暢之, 眞言之不足則假物以況之, 正言之不足則反意以悟之. 繁而暢, 不嫌其俚, 假而況, 不厭其奇, 反而悟, 不病其激. 非是三者, 用不達而體不能獨立矣.

堯曰: "湯湯洪水方割, 蕩蕩懷山襄陵, 浩浩滔天." 夫咨洪水一言, 足矣, 旣曰湯湯, 又曰蕩蕩浩浩. 則口舌之溢而手目佐之矣, 斯不亦俚乎. 『詩』曰: "雖則七襄, 不成報章. 睆彼牽牛, 不以服箱." 星辰之無與於織與駕, 童孺之所知也, 斯不亦奇乎. 宰予欲短喪, 子曰: "女安則爲之." 使予也, 以爲信然而遂短其喪則奈何. 斯不亦激乎.

然三代以前, 淳樸未喪, 而聖人者, 中和之極也. 故其出言而成文也, 俚適於暢而不流於鄙褻, 奇足於況而不涉於誕詭, 激期於悟而不墮於拗戾. 譬之聲焉. 大自雷霆, 細逮蚊蠅, 擧而數之, 亥翅千萬, 而先王作樂, 音不過五, 律不過十二者, 取節而用其衷也.

神聖徂伏, 道隱治弊, 天下之變, 不可勝言, 而能言之士, 如莊周屈原太史公之徒類, 皆沈淪草茅, 終身困厄, 悲憂感憤, 壹鬱而無所發. 故讀其文, 往往如長歌痛哭, 嘻笑呵罵, 苟可以鳴其志意, 則鄙褻誕詭拗戾之辭, 衝口而不暇節. 是以, 其高, 或亞於經而叢稗丑淨之卑, 亦得以濫觴焉.

嗟乎! 孰使之然也? 三物之興, 不行於上, 四科之教, 無聞於下, 搖蕩恣睢, 莫之禁制, 如江河之決, 橫放四出. 雖神禹復起, 亦順其性而趨之耳, 終不能挽回障塞, 以循其東匯北播之舊也. 而拘儒曲士, 啾啾焉欲以繩墨議其後, 亦見其不知量也.

吾宗竹溪子, 天下之奇士也. 所撰『三韓義烈女傳』, 天下之奇文也. 竹溪子, 弱冠成文章, 老白首, 無所遇. 其爲此書, 盖欲與莊周屈原太史公之徒, 並驅爭先, 而韓愈以下, 不論也. 其志悲矣. 惜乎. 吾之學, 不足以輔竹溪之德, 吾之力, 不足以擧竹溪之才, 吾如竹溪, 何哉. 惟世之讀此書者, 不究乎古今文章體用之變, 而鄙褻誕詭拗戾之是議焉, 則吾雖不文, 尚能爲竹溪辨之. (『臺山集』卷7)

答士心

|

　來論, 深以世人以不逮之才, 妄立秦漢門戶, 畢竟成就太寂寥爲戒, 又引先祖「觀復詩序」中語, 致丁寧焉. 可見用力之深, 操術之精, 非餘子所及, 愚於此豈有異辭乎? 世之爲秦漢之文者, 愚見亦多矣, 字句之摹而意匠蔑如, 步趨之擬而神情索然, 懽愉慘怛, 不足以感人, 而鋪王霸揭聖賢, 無與於傳道而解惑, 是殆公孫子陽鑾旗旄頭, 揖讓磬折之類耳. 階級津梁之不審, 而務躐驟以爲勝, 宜其獘之至此也.

　若愚之說則異於是, 盖亦粗有經歷, 非苟爲大言以相瞞也. 愚於文章之術, 初無師承, 自學語識字, 以至塾處里游, 所聞見者, 止時文耳. 稍長, 得國朝名家谿澤諸集而讀之, 覺其詞義高雅, 與時文不同, 欣然好之, 舍時文而潛心焉有年矣. 旣而念谿澤儘好矣, 中國之大, 數百年前之遠, 其文當益好. 始得所謂八大家者而讀之. 然後知谿澤之文, 祖述其本. 而且其風氣習性, 去今時不大邈絶. 持循擬議, 宜若可以爲力, 於是舍谿澤而潛心焉, 又有年矣.

　夫道貴知止, 學要得中. 文至於八家, 亦可謂中而止矣. 盡力而趨, 不給是懼, 欲羞薄而跳越之, 非愚則妄也. 然文章之道, 與世高下, 前乎時文而谿澤, 前乎谿澤而八家, 有可以考其世焉, 則兩漢前乎八家者也, 先秦前乎兩漢者也. 學者無意於文章則已, 如有意, 豈可嫌其過高, 推而置之書契結繩之前, 漠然不以措諸意乎. 然先秦愚亦有所不暇矣, 若兩漢則盖嘗因八家而溯之, 其好處可一二談也.

人品雖不齊, 而大抵皆醇深敦厚也, 學術雖不一, 而大抵皆三代六藝之遺也. 故其爲文也, 伏渾雄於沖澹, 發瓌奇於樸茂, 卽無論孝文明章, 詔令可以出入訓命, 子長·孟堅·江都·中壘, 立言名家, 跨跱百代, 雖短章尺牘, 出於武人法吏之手者, 類皆簡要眞切, 不規規於聲氣葩藻, 而讀之雋永, 有餘味焉. 是則雖以韓歐諸子魁材傑識, 老於觚墨者, 必有喟然而歎其不及者矣.

天下之生, 久矣. 三才萬象, 日變而不已, 今之不能爲古, 猶古之不能爲今也. 況文之爲物, 要在適用, 則今文之不能爲秦漢, 非直才之罪也. 顧勢亦有不可焉耳. 然醴醁出於玄酒, 弦匏起於蕢桴, 得其意不泥其言, 師其智不拘其法. 變化而神明之, 豈不存乎其人耶? 昔人之論都邑形勢曰: "欲都江南者, 須先經略淮楚, 淮楚不守, 江南亦非吾有." 愚嘗取譬於文章曰: "爲文於今日者, 不得不以八家爲江南, 而兩漢其淮楚也." 不然, 退而爲臨安, 又退而爲明越, 卒至浮寄蘦處於厓山海舶之中, 則秦漢姑舍, 所謂八家者, 亦可知已. (『臺山集』卷5)

答族姪士心仁根

|

　所示諸篇, 識趣醇而門路正, 爲之不已, 成章何難. 可愛又可欽
也. 但從初入頭, 取資於擩染者多, 而得力於開創者少. 故理致固
勝, 而氣格差遜, 典型非不都雅, 而範圍更宜展拓. 試拚數月工夫,
揀讀先秦兩漢好文字數十篇, 次將韓歐大家, 潛心熟觀, 務得其用
意深處, 則擬議變化之際, 必有獨覺其進者矣.

　世之治文章者, 例詆經學爲陳腐, 而從事經學者, 又過斥文章,
全不措意. 畢竟文傷於革, 學病於枯, 其失略等. 是皆落於偏見, 未
睹夫文道一貫之妙者也. 此古今通患, 而東俗尤甚.

　其能超然自得, 不爲二說所瞞, 而經學文章合而爲一者, 惟吾家
諸祖爲然, 此正爲後承者所宜監法, 而今日可與於此者, 能有幾人.
以賢之材, 加之以不懈, 則眞正一脈, 庶有其傳. 而麟角鳳觜, 將以
少爲貴, 勉之勉之.　　(『臺山集』卷5)

讀三子說贈兪生

余少從塾師學, 塾師鈔韓氏·歐陽氏·蘇氏文數十篇, 授而節度之曰:"三子, 文之至高者也. 精爾讀熟爾誦. 大篇日一, 小篇二三, 刻期而畢. 慢則有罰." 余奉節度, 惟謹讀之, 盡一月殊無得也. 已而塾師告歸, 余獨處無聊, 忽自念曰:"夫文豈別事哉. 言以道意, 字以記言, 意生於心, 言宣於口, 字形於手. 思之者通, 習之者工, 皆人之所爲, 天地鬼神不與焉. 三子者, 亦人耳, 焉能獨高哉. 將運有隆穨, 風有散聚, 器有宏褊, 非盡思習之所及乎. 則前乎三子, 而有兩漢諸儒殷周之聖人焉, 三子者, 又焉能爲高之至哉."

於是取所謂數十篇者而復讀之, 大其膽盛其氣屬其色, 若進三子, 角技于前, 而已據堂皇, 執憲律, 課其殿最之爲者. 或十遍而止, 或二三十遍而止, 或五六十, 至百遍而止, 然後三子之封畧蹊術, 墉壘庭庀, 始隱約可見矣.

又虛其心, 平其氣, 降其色, 若揖三子于尊俎几席之間, 而盱衡解頤, 從容風議之爲者. 或日盡一卷, 或數日一篇, 瞪目而注之, 凝神而會之, 徐諷以留其味, 疾念以貫其脉, 然後貌象露, 腠理分, 風神到, 蓋浸淫乎性情矣. 長者不得不長, 短者不得不短, 簡者不得不簡, 繁者不得不繁, 馴者不得不馴, 奇者不得不奇. 試爲之易一句剪一節, 則彭疎觖漏, 若不能頃刻安者. 乃喟然太息, 信其高之果絶乎人也.

余之用力乎三子者, 本末盡此, 而終不能身肖其心口, 則其無得一也. 然自是識差進, 擬議差廣, 雖盡忘其所讀, 或擧篇不記一字, 而臆中隱隱有物, 如卮漏而停潤, 爐爐而熏留者, 殆非塾師節度所限也.

夫文之以高稱者, 皆出於古人, 其身已死而朽矣, 其言語之寄乎簡策者, 搏之無形也, 嗅之無臭也, 皷之無聲也, 亦空空蕩蕩焉爾, 而千載之下, 將據而肖之者, 以其精神氣魄, 爲能交接而融化之耳. 因人之所高而高之, 因人之所大而大之, 精神不活, 氣魄不壯, 欲焉匍匐於行墨藩籬之下, 則亦終於奴隷而止耳. 豈能躡其階躋其堂奧, 以共其冠冕珮玉之華耶.

孟子曰 : "說大人則藐之, 勿視其巍巍然." 余謂讀古文類是, 視其巍巍然者, 非善讀者也.　　(『臺山集』卷9)

斗川稿序

農巖先生講道三洲, 門人從游者衆, 而胤子觀復公, 實爲之主. 當是時, 先生道德文章, 旣冠冕一世, 而觀復公以俊才逸藻, 爲其能子, 士遊其門, 殆孟子所謂難爲言者. 而故文學李公瑋, 妙齡英斐, 進瑟退篤, 以最得意聞. 余少讀二集, 見其亟稱, 伯溫心慕之雅矣.

曁家渼上, 距三洲, 隔一坡陀, 而公之曾孫鶴柱, 以鄉里相過, 始得其所謂『斗川稿』一卷而讀之, 歎曰 : "名不可以虛得也, 文不可以僞爲也. 美哉醇乎. 其有聞於文道合一之旨歟."

竊嘗謂隆古之世, 道不離文, 降自周末, 始歧爲二. 而文章一事, 遂爲學道者所不屑. 然是特雕篆纂組者之謂耳. 春容之音, 不出於瓦釜, 孚尹之光, 不發於燕石. 氣餒者理必歉, 辭窒者意必偏. 『詩』云 : "其容不改, 出言有章." 言而無章, 亦君子之所宜反而求者也.

公少不喜著述, 中歲祿仕, 晚甫登第而卒. 論譔, 不及於經禮, 潤色, 不施於典冊. 所拾爐餘者, 詩文厪若干篇, 大抵皆遊賞會遇, 率爾應酬之作耳. 然其骨骼開張, 風韻駿亮, 渾然脅襟之出, 步驟疾徐, 中規應節. 至於師友存沒之際, 纏緜惻愴, 俯仰頓挫, 有足以感天衷而敦人風者, 匪研心於道而擬形於文, 有能醇且章, 臻此者乎.

夫文道惡乎歧? 華實是已. 苟其華而不實也, 雖皐比說法, 端冕論治, 吾未見其爲道. 不然, 卽遊賞會遇, 率爾應酬之作, 心之所形, 何文與道之異觀也. 斯義也, 余嘗私淑於家庭. 顧今世未遇可與語者, 得公文, 不覺挈然有契, 若將晨夕晤言於金臺石室之間也. 遂序其卷而歸之. （『臺山集』卷7)